U0591194

凡是生命，
都可以成为文章的题目。

旧闻

乡里

孙犁

散文新编

孙犁

著

人民文学出版社

图书在版编目（CIP）数据

乡里旧闻／孙犁著．－－北京：人民文学出版社，2024
（孙犁散文新编）
ISBN 978－7－02－015949－9

Ⅰ.①乡… Ⅱ.①孙… Ⅲ.①散文集－中国－当代 Ⅳ.①I267

中国国家版本馆CIP数据核字（2022）第035320号

责任编辑 杜 丽 陈 悦
装帧设计 刘 静
责任校对 刘佳佳
责任印制 苏文强

出版发行 人民文学出版社
社 址 北京市朝内大街166号
邮政编码 100705

印 刷 北京新华印刷有限公司
经 销 全国新华书店等

字 数 140千字
开 本 787毫米×1092毫米 1/32
印 张 9.75 插页2
印 数 1—3000
版 次 2024年1月北京第1版
印 次 2024年1月第1次印刷

书 号 978-7-02-015949-9
定 价 66.00元

如有印装质量问题，请与本社图书销售中心调换。电话：010－65233595

孙　犁 (1913-2002)

原名孙树勋，曾用笔名芸夫，河北省安平县孙遥城村人。早
年毕业于保定育德中学，曾在北平短期谋生，后任安新县同
口镇小学教师。抗日战争爆发后加入中国共产党领导的革命
队伍，任职于华北联大、《晋察冀日报》，从事文学创作和抗
日宣传工作。1944 年到延安，在鲁迅艺术文学院担任教员。
1945 年在《解放日报》发表短篇小说《荷花淀》《芦花荡》等，
受到文坛瞩目，并被誉为"荷花淀派"的创始人。新中国成
立后在《天津日报》社工作直至离休。其早期作品清新、明
丽，代表作有《白洋淀纪事》《铁木前传》《风云初记》；晚年
作品则平淡、深沉、隽永，结集为"耕堂劫后十种"。2004 年，
人民文学出版社出版 11 卷本《孙犁全集》。

生辰自述（代序）

　　余之初生，母亲失乳，困处僻乡，无以为哺。乃用蒸馍，发酵煮粥，以之育儿，生命得续。又患惊风，忽然抽搐，母亲心忧，烧香问卜。及余稍长，体弱多病，语言短缺，有似怔忡。智不足商，力不足农，进校攻书，毕业高中。旧日社会，势力争竞，常患失业，每叹途穷。

　　初学为文，意在人生，语言抒发，少年真情，同情苦弱，心忿不平。天地至大，历史悠长，中华典籍，丰美优良。孜孜以求，他顾不遑，探寻遗绪，发射微芒。

　　战争年代，侧身行伍，并非先觉，大势所趋。无赫赫功，亦尝辛苦。燕南塞北，雨雪冰霜，屡遇危险，幸未死亡。进城初期，正值壮年，寄食报社，斗室一间。政治斗争，改弦更张，风雨所及，时在文场。生性疏放，不习沉浮，洋场红尘，心气不舒。终于大病，休养海滨，老母逝去，遗恨终身。

一九六六，忽遭大难，腥风血雨，天昏地暗。面目全非，人心大变，如入鬼蜮，如对生蛮。网罗所收，罪皆无辜，发汗沾衣，奇耻大辱，天地不仁，万物狗刍。每念自杀，怯于流血，迫害日深，犁庭扫穴。幸遇清明，得庆重生，垂垂已老，荣辱皆空。性命修短，不在意中。

九死余生，亦有经验，箪食瓢饮，青灯黄卷，与世无争，与人无憾。文士致命，青眼白眼，闭门谢客，以减过衍。贫富易均，人欲难填，刻忮残忍，万恶之源。人心惟危，善恶消长，劝善惩恶，文化教养，刑法修剪，道德土壤。文学艺术，教化一端，瞻望前景，有厚望焉。

跋

以余身体之素质及遭遇，延至今日，寿命可谓长矣。余素无养生之道，亦不信厚自供养可以保全身命延年益寿之说。中年以后，方知人生之险恶；高卑易处，乃见世态之炎凉。勇怯由于势，爱憎出于私。与人为善，不必望善报；谨小慎微，未必得坦途。同情怜悯，乃青年期赤心之表露，身陷不幸，不可希求于他人。要之，不以生活之变化自伤其心，丧其初志，动摇其大节。此志士仁人之所能，为可贵耳。

1981年5月9日（阴历四月初六）

第一辑　乡里旧闻

梦中屡迷还乡路，

愈知晚途念桑梓。

度 春 荒

　　我的家乡，邻近一条大河，树木很少，经常旱涝不收。在我幼年时，每年春季，粮食很缺，普通人家都要吃野菜树叶。春天，最早出土的，是一种名叫老鸹锦的野菜，孩子们带着一把小刀，提着小篮，成群结队到野外去，寻觅剜取像铜钱大小的这种野菜的幼苗。

　　这种野菜，回家用开水一泼，掺上糠面蒸食，很有韧性。

　　与此同时出土的是苣苣菜，就是那种有很白嫩的根，带一点苦味的野菜。但是这种菜，不能当粮食吃。

　　以后，田野里的生机多了，野菜的品种，也就多了。

有黄须菜，有扫帚苗，都可以吃。春天的麦苗，也可以救急，这是要到人家地里去偷来。

到树叶发芽，孩子们就脱光了脚，在手心吐些唾沫，上到树上去。榆叶和榆钱，是最好的菜。柳芽也很好。在大荒之年，我吃过杨花。就是大叶杨春天抽出的那种穗子一样的花。这种东西，是不得已而吃之，并且很费事，要用水浸好几遍，再上锅蒸，味道是很难闻的。

在春天，田野里跑着无数的孩子们，是为饥饿驱使，也为新的生机驱使，他们漫天漫野地跑着，寻视着，欢笑并打闹，追赶和竞争。

春风吹来，大地苏醒，河水解冻，万物孳生，土地是松软的，把孩子们的脚埋进去，他们仍然欢乐地跑着，并不感到跋涉。

清晨，还有露水，还有霜雪，小手冻得通红，但不久，太阳出来，就感到很暖和，男孩子们都脱去了上衣。

为衣食奔波，而不大感到愁苦，只有童年。

我的童年，虽然也常有兵荒马乱，究竟还没有遇见大灾荒，像我后来从历史书上知道的那样。这一带地方，在历史上，特别是新旧五代史上记载，人民的遭遇是异常悲惨的。因为战争，因为异族的侵略，因为灾荒，一连很多年，在书本上写着：人相食；析骨而焚；易子而食。

战争是大灾荒、大瘟疫的根源。饥饿可以使人疯狂，可以使人死亡，可以使人恢复兽性。曾国藩的日记里，有一页记的是太平天国战争时，安徽一带的人肉价目表。我们的民族，经历了比噩梦还可怕的年月！

日本帝国主义的侵略，以战养战，三光政策，是很野蛮很残酷的。但是因为共产党记取历史经验，重视农业生产，村里虽然有那么多青年人出去抗日，每年粮食的收成，还是能得到保证。党在这一时期，在农村实行合理负担的政策。地主富农，占有大部分土地，虽然对这种政策，心里有些不满，他们还是积极经营的。抗日期间，我曾住在一家地主家里，他家的大儿子对我说："你们在前方努力抗日，我们在后方努力碾米。"

在八年抗日战争中，我们成功地避免了"大兵之后，必有凶年"的可怕遭遇，保证了抗日战争的胜利。

1979年12月

村　长

　　这个村庄本来很小，交通也不方便，离保定一百二十里，离县城十八里。它有一个村长，是一家富农。我不记得这村长是民选的，还是委派的。但他家的正房里，悬挂着本县县长一个奖状，说他对维持地方治安有成绩，用镜框装饰着。平日也看不见他有什么职务，他照样管理农事家务，赶集卖粮食。村里小学他是校董，县里督学来了，中午在他家吃饭。他手下另有一个"地方"，这个职务倒很明显，每逢征收钱粮，由他在街上敲锣呼喊。

　　这个村长个子很小，脸也很黑，还有些麻子。他的穿着，比较讲究，在冬天，他有一件羊皮袄，在街上走路的时候，他的右手总是提起皮袄右面的开襟地方，步子也迈得细碎些，这样，他以为势派。

他原来和"地方"的老婆姘靠着。"地方"出外很多年，回到家后，村长就给他一面铜锣，派他当了"地方"。

在村子的最东头，有一家人卖油炸馃子，有好几代历史了。这种行业，好像并不成全人，每天天不亮，就站在油锅旁。男人们都得了痨病，很早就死去了。但女人就没事，因此，这一家有好几个寡妇。村长又爱上了其中一个高个子的寡妇，就不大到"地方"家去了。

可是，这个寡妇，在村里还有别的相好，因为村长有钱有势，其他人就不能再登上她家的门边。

一九三七年，七七事变，国民党政权南逃。这年秋季，地方大乱。一到夜晚，远近枪声如度岁。有绑票的，有自卫的。

一天晚上，村长又到东头寡妇家去，夜深了才出来，寡妇不放心，叫她的儿子送村长回家。走到东街土地庙那里，从庙里出来几个人，用撅枪把村长打死在地，把寡妇的儿子也打死了。寡妇就这一个儿子，还是她丈夫的遗腹子。把他打死，显然是怕他走漏风声。

村长头部中了数弹，但他并没有死，因为撅枪和土造的子弹，都没有准头和力量。第二天早上苏醒了过来。儿子把他送到县城医治枪伤，并指名告了村里和他家有宿怨的几个农民。当时的政权是维持会，土豪劣绅管事，当即把几个农民抓到县里，并戴了镣。八路军到了，才释放出来。

村长回到村里，五官破坏，面目全非。深居简出，常常把一柄大铡刀放在门边，以防不测。一九三九年，日本人占据县城，地方又大乱。一个夜晚，村长终于被绑架到村南坟地，割去生殖器，大卸八块。村长之死，从政治上说，是打击封建恶霸势力。这是村庄开展阶级斗争的序幕。

那个寡妇，脸上虽有几点浅白麻子，长得却有几分人才，高高的个儿，可以说是亭亭玉立。后来，村妇救会成立，她是第一任的主任，现在还活着。死去的儿子，也有一个遗腹子，现在也长大成人了。

村长的孙子孙女，也先后参加了八路军，后来都是干部。

1979年12月

凤 池 叔

凤池叔就住我家的前邻。在我幼年时，他盖了三间新的砖房。他有一个叔父，名叫老亭。在本地有名的联庄会和英法联军交战时，他伤了一只眼，从前线退了下来，小队英国兵追了下来，使全村遇了一场浩劫，有一名没有来得及逃走的妇女，被鬼子轮奸致死。这位妇女，死后留下了不太好的名声，村中的妇女们说：她本来可以跑出去，可是她想发洋人的财，结果送了命。其实，并不一定是如此的。

老亭受了伤，也没有留下什么英雄的称号，只是从此名字上加了一个字，人们都叫他瞎老亭。

瞎老亭有一处宅院，和凤池叔紧挨着，还有三间土鳖北房。他为人很是孤独，从来也不和人们来往。我们住得这样近，我也不记得在幼年时，到他院里玩耍过，更不用说到他的屋子里去了。我对他那三间住房，没有丝毫的印象。

但是，每逢从他那低矮颓破的土院墙旁边走过时，总能看到，他那不小的院子里，原是很吸引儿童们的注意的。他的院里，有几棵红枣树，种着几畦瓜菜，有几只鸡跑着，其中那只大红公鸡，特别雄壮而美丽，不住声趾高气扬地啼叫。

瞎老亭总是一个人坐在他的北屋门口。他呆呆地直直地坐着，坏了的一只眼睛紧紧闭着，面容愁惨，好像总在回忆着什么不愉快的事。这种形态，儿童们一见，总是有点害怕的，不敢去接近他。

我特别记得，他的身旁，有一盆夹竹桃，据说这是他最爱惜的东西。这是稀有植物，整个村庄，就他这院里有一棵，也正因为有这一棵，使我很早就认识了这种花树。

村里的人，也很少有人到他那里去。只有他前邻的一个寡妇，常到他那里，并且半公开的，在夜间和他做伴。

这位老年寡妇，毫不隐讳地对妇女们说：

"神仙还救苦救难哩，我就是这样，才和他好的。"

瞎老亭死了以后，凤池叔以亲侄子的资格，继承了他的财产。拆了那三间土墼北房，又添上些钱，在自己的房基上，盖了三间新的砖房。那时，他的母亲还活着。

凤池叔是独生子，他的父亲是怎样一个人，我完全不记得，可能死得很早。凤池叔长得身材高大，仪表非凡，他总是穿着整整齐齐的长袍，步履庄严地走着。我时常想，如果他的运气好，在军队上混事，一定可以带一旅人或一师人。如果是个演员，扮相一定不亚于武生泰斗杨小楼那样威武。

可是他的命运不济。他一直在外村当长工。行行出状元，他是远近知名的长工：不只力气大，农活精，赶车尤其拿手。他赶几套的骒马，总是有条不紊，他从来也不像那些粗劣的驭手，随便鸣鞭、吆喝，以至虐待折磨牲畜。他总是若无其事地把鞭子抱在袖筒里，慢条斯理地抽着烟，不动声色，就完成了驾驭的任务。这一点，是很得地主们的赏识的。

　　但是，他在哪一家也呆不长久，最多二年。这并不是说他犯有那种毛病：一年勤，二年懒，三年就把当家的管。主要是他太傲慢，从不低声下气。另外，车马不讲究他不干，哪一个牲口不出色，不依他换掉，他也不干。另外，活当然干得出色，但也只是大秋大麦之时，其余时间，他好参与赌博，交结妇女。

　　因此，他常常失业家居。有一年冬天，他在家里闲着，年景又不好，村里的人都知道他没有吃的了，有些本院的长辈，出于怜悯，问他：

　　"凤池，你吃过饭了吗？"

　　"吃了！"他大声地回答。

　　"吃的什么？"

　　"吃的饺子！"

　　他从来也不向别人乞求一口饭，并绝对不露出挨饥受饿的样子，也从不偷盗，穿着也从不减退。

　　到过他的房间的人，知道他是家徒四壁，什么东西也卖光了的。

　　不知从哪里来了一个女的，藏在他的屋里，最初谁也不知道。一天夜间，这个妇女的本夫带领一些乡人，找到这里，破门而入。凤池叔从炕上跃起，用顶门大棍，把那个本夫，打了个头破血流，一群人慑于威势，大败而归，沿途留下不少血迹。那个妇女也呆不住，从此不知下落。

凤池叔不久就卖掉了他那三间北房。土改时，贫民团又把这房分给了他。在他死以前，他又把它卖掉了，才为自己出了一个体面的、虽属光棍但谁都乐于帮忙的殡，了此一生。

1979年12月

干 巴

　　在这个小小的村庄里，干巴要算是最穷最苦的人了。他的老婆，前几年，因为产后没吃的死去了，留下了一个小孩。最初，人们都说是个女孩，并说她命硬，一下生就把母亲克死了。过了两三年，干巴对人们说，他的孩子不是女孩，是个男孩，并给他起了个名字，叫小变儿。

　　干巴好不容易按照男孩子把他养大，这孩子也渐渐能帮助父亲做些事情了。他长得矮弱瘦小，可也能背上一个小筐，到野地里去拾些柴火和庄稼了。其实，他应该和女孩子们一块去玩耍、工作。他在各方面，都更像一个女孩子。但是，干巴一定叫他到男孩子群里去。男孩子是很淘气的，他们常常跟小变儿起哄，欺侮他：

"来，小变儿，叫我们看看，又变了没有？"

有时就把这孩子逗哭了。这样，他的性情、脾气，在很小的时候，就发生了变态：孤僻，易怒。他总是一个人去玩，到其他孩子不乐意去的地方拾柴、捡庄稼。

这个村庄，每年夏天，好发大水，水撤了，村边一些沟里、坑里，水还满满的。每天中午，孩子们好聚到那里凫水，那是非常高兴和热闹的场面。

每逢小变儿走近那些沟坑，在其中游泳的孩子们，就喊：

"小变儿，脱了裤子下水吧！来，你不敢脱裤子！"

小变儿就默默地离开了那里。但天气实在热，他也实在愿意到水里去洗洗玩玩。有一天，人们都回家吃午饭了，他走到很少有人去的村东窑坑那里，看看四处没有人，脱了衣服跳进去。这个坑的水很深，一下就没了顶，他喊叫了两声，没有人听见，这个孩子就淹死了。

这样，干巴就剩下孤身一人，没有了儿子。

他现在什么也没有了，他没有田地，也可以说没有房屋，他那间小屋，是很难叫作房屋的。他怎样生活？他有什么职业呢？

冬天，他就卖豆腐，在农村，这几乎可以不要什么本钱。秋天，他到地里拾些黑豆、黄豆，即使他在地头地脑偷一些，人们都知道他寒苦，也都睁一个眼、闭一个眼，不忍去说他。

他把这些豆子，做成豆腐，每天早晨挑到街上，敲着梆子，顾客都是拿豆子来换，很快就卖光了。自己吃些豆腐渣，这个冬天，也就过去了。

在村里，他还从事一种副业，也可以说是业余的工作。那时代，农村的小孩子，死亡率很高。有的人家，连生五六个，一个也养不活。不用说那些大病症，比如说天花、麻疹、伤寒，可以死人；就是这些病症，比如抽风、盲肠炎、痢疾、百日咳，小孩子得上了，也难逃个活命。

母亲们看着孩子死去了，掉下两点眼泪，就去找干巴，叫他帮忙把孩子埋了去。干巴赶紧放下活计，背上铁铲，来到这家，用一片破炕席或一个破席锅盖，把孩子裹好，夹在腋下，安慰母亲一句：

"他婶子，不要难过。我把他埋得深深的，你放心吧！"

就走到村外去了。

其实，在那些年月，母亲们对死去一个不成年的孩子，也不很伤心，视若平常。因为她们在生活上遇到的苦难太多，孩子们累得她们也够受了。

事情完毕，她们就给干巴送些粮食或破烂衣服去，酬谢他的帮忙。

这种工作，一直到干巴离开人间，成了他的专利。

1979年12月

木匠的女儿

　　这个小村庄的主要街道，应该说是那条东西街，其实也不到半里长。街的两头，房舍比较整齐，人家过得比较富裕，接连几户都是大梢门。

　　进善家的梢门里，分为东西两户，原是兄弟分家，看来过去的日子，是相当势派的，现在却都有些没落了。进善的哥哥，幼年时念了几年书，学得文不成武不就，种庄稼不行，只是练就一笔好字，村里有什么文书上的事，都是求他。也没有多少用武之地，不过红事喜帖，白事丧榜之类。进善幼年就赶上日子走下坡路，因此学了木匠，在农村，这一行业也算是高等的，仅次于读书经商。

他是在束鹿旧城学的徒。那里的木匠铺，是远近几个县都知名的，专做嫁妆活。凡是地主家聘姑娘，都先派人丈量男家居室，陪送木器家具。只有内间的，叫做半套；里外两间都有的；叫做全套。原料都是杨木，外加大漆。

学成以后，进善结了婚，就回家过日子来了。附近村庄人家有些零星木活，比如修整梁木，打做门窗，成全棺材，就请他去做，除去工钱，饭食都是好的，每顿有两盘菜，中午一顿还有酒喝。闲时还种几亩田地，不误农活。

可是，当他有了一儿一女以后，他的老婆因为过于劳累，得肺病死去了。当时两个孩子还小，请他家的大娘带着，过不了几年，这位大娘也得了肺病，死去了。进善就得自己带着两个孩子，这样一来，原来很是精神利索的进善，就一下变得愁眉不展，外出做活也不方便，日子也就越来越困难了。

女儿是头大的，名叫小杏。当她还不到十岁，就帮着父亲做事了，十四五岁的时候，已经出息得像个大人。长得很俊俏，眉眼特别秀丽，有时在梢门口大街上一站，身边不管有多少和她年岁相仿的女孩儿们，她的身条容色，都是特别引人注目的。

贫苦无依的生活，在旧社会，只能给女孩子带来不幸。越长得好，其不幸的可能就越多。她们那幼小的心灵，先是向命运之神应战，但多数终归屈服于它。在绝望之余，她从一面小破镜中，看到了自己的容色，她现在能够仰仗的只有自己的青春。

她希望能找到一门好些的婆家，但等她十七岁结了婚，不只丈夫不能叫她满意，那位刁钻古怪的婆婆，也实在不能令人忍受。她上过一次吊，被人救了下来，就长年住在父亲家里。

虽然这是一个不到一百户的小村庄，但它也是一个社会。它有贫穷富贵，有尊荣耻辱，有士农工商，有兴亡成败。

进善常去给富裕人家做活，因此结识了那些人家的游手好闲的子弟。其中有一家在村北头开油坊的少掌柜，他常到进善家来，有时在夜晚带一瓶子酒和一只烧鸡，两个人喝着酒，他撕一些鸡肉叫小杏吃。不久，就和小杏好起来。赶集上庙，两个人约好在背静地方相会，少掌柜给她买个烧饼裹肉，或是买两双袜子送给她。虽说是少女的纯洁，虽说是廉价的爱情，这里面也有倾心相与，也有引诱抗拒，也有风花雪月，也有海誓山盟。

女人一旦得到依靠男人的体验，胆子就越来越大，羞耻就越来越少；就越想去依靠那钱多的，势力大的。这叫做一步步往上依靠，灵魂一步步往下堕落。

她家对门有一位在县里当教育局长的，她和他靠上了，局长回家，就住在她家里。

一九三七年，这一带的国民党政府逃往南方，局长也跟着走了。成立了抗日县政府，组织了抗日游击队。抗日县长常到这村里来，有时就在进善家吃饭住宿。日子长了，和这一家人都熟识了，小杏又和这位县长靠上，她的弟弟给县长当了通讯员，背上了盒子枪。

一九三八年冬天，日本人占据了县城。屯集在河南省的国民党军队张荫梧部，正在实行曲线救国，配合日军，企图消灭八路军。那位局长，跟随张荫梧多年了，有一天，又突然回到了村里。他回到村庄不多几天，县城的日军和伪军，"扫荡"了这个村庄，把全村的男女老少集合到大街上，在街头一棵槐树上，烧死了抗日村长。日本人在各家搜索时，在进善的女儿房中，搜出一件农村少有的雨衣，就吊打小杏，小杏说出是那位局长穿的，日本人就不再追究，回县城去了。日本人走时，是在黄昏，人们惶惶不安地刚吃过晚饭，就听见街上又响起枪来。随后，在村东野外的高沙岗上，传来了局长呼救的声音。好像他被绑了票，要乡亲们快凑钱搭救他。深夜，那声音非常凄厉。这时，街上有几个人影，打着灯笼，挨家挨户借钱，家家都早已插门闭户了。交了钱，并没得买下局长的命，他被枪毙在高岗之上。

有人说，日本这次"扫荡"，是他勾引来的，他的死刑是"老八"执行的。他一回村，游击组就向上级报告了。可是，如果他不是迷恋小杏，早走一天，可能就没事……

日本人四处安插据点，在离这个村庄三里地的子文镇，盖了一个炮楼，形势一天比一天紧张，我们的主力西撤了。汉奸活跃起来，抗日政权转入地下，抗日县长，只能在夜间转移。抗日干部被捕的很多，有的叛变了。有人在夜里到小杏家，找县长，并向他劝降。这位不到二十岁的县长，本来是个纨绔子弟，经不起考验，但他不愿明目张胆地投降日本，通过亲戚朋友，到敌占区北平躺身子去了。

小杏的弟弟，经过一些坏人的引诱怂恿，带着县长的两支枪，投降了附近的炮楼，当了一名伪军。他是个小孩子，每天在炮楼下站岗，附近三乡五里，都认识他，他却坏下去得很快，敲诈勒索，以至奸污妇女。他那好吃懒做的大伯，也仗着侄儿的势力，在村中不安分起来。在一九四三年以后，根据地形势稍有转机时，八路军夜晚把他掏了出来，枪毙示众。

小杏在廿几岁上，经历了这些生活感情上的走马灯似的动乱，打击，得了她母亲那样致命的疾病，不久就死了。她是这个小小村庄的一代风流人物。在烽烟炮火的激荡中，她几乎还没有来得及觉醒，她的花容月貌，就悄然消失，不会有人再想到她。

进善也很快就老了。但他是个乐天派，并没有倒下去。一九四五年，抗日战争胜利，县里要为死难的抗日军民，兴建一座纪念塔，在四乡搜罗能工巧匠。虽然他是汉奸家属，但本人并无罪行。村里推荐了他，他很高兴地接受了雕刻塔上飞檐门窗的任务。这些都是木工细活，附近各县，能有这种手艺的人，已经很稀少了。塔建成以后，前来游览的人，无不对他的工艺啧啧称赞。

工作之暇，他也去看了看石匠们，他们正在叮叮当当，在大石碑上，镌刻那些抗日烈士的不朽芳名。

回到家来，他孤独一人，不久就得了病，但人们还常见他拄着一根木棍出来，和人们说话。不久，村里进行土地改革，他过去相好那些人，都被划成地主或富农，他也不好再去找他们。又过了两年，才死去了。

1980年9月21日晨

老刁

老刁，河北深县人，他从小在外祖父家长大，外祖父家是安平县。他在保定育德中学读书时，就把安平人引为同乡，我比他低两年级，他对幼小同乡，尤其热情。他有一条腿不大得劲，长得又苍老，那时人们就都叫他"老刁"。

他在育德中学的师范班毕业以后，曾到安新冯村，教过一年书，后来到北平西郊的黑龙潭小学教书。那时我正在北平失业，曾抱着一本新出版的《死魂灵》，到他那里住了两天。

有一年暑假，我们为了找职业都住在保定母校的招待楼里，那是一座碉堡式的小楼。有一天，他同另一位同学出去，回来时，非常张皇，说是看见某某同学被人捕去了。那时捕去的学生，都是共产党。

过了几年，爆发了抗日战争。一九三九年春天，我同陈肇同志，要过路西去，在安平县西南地区，遇到了他。当听说他是安平县的"特委"时，我很惊异。我以为他还在北平西郊教书，他怎么一下子弄到这么显赫的头衔。那时我还不是党员，当然不便细问。因为过路就是山地，我同老陈把我们骑来的自行车交给他，他给了我们一人五元钱，可见他当时经济上的困难。

那一次，我只记得他说了一句：

"游击队正在审人打人，我在那里坐不住。"

敌人占了县城，我想可能审讯的是汉奸嫌疑犯吧。

一九四一年，我从山地回到冀中。第二年春季，我又要过路西去，在七地委的招待所，见到了他。当时他好像很不得意，在我的住处坐了一会儿就走了。这也使我很惊异，怎么他一下又变得这么消沉？

一九四六年夏天，抗日战争早已结束，我住在河间临街的一间大梢门洞里。有一天下午，我正在街上闲立着，从西面来了一辆大车，后面跟着一个人，脚一拐一拐的，一看正是老刁。我把他拦请到我的床位上，请他休息一下。记得他对我说，要找一个人，给他写个历史证明材料。他问我知道不知道安志成先生的地址，安先生原是我们在中学时的图书馆管理员。我说，我也不知道他的住处，他就又赶路去了，我好像也忘记问他，是要到哪里去？看样子，他在一直受审查吗？

　　又一次我回家，他也从深县老家来看我，我正想要和他谈谈，正赶上我母亲那天叫磨扇压了手，一家不安，他匆匆吃过午饭就告辞了。我往南送他二三里路，他的情绪似乎比上两次好了一些。他说县里可能分配他工作。后来听说，他在县公安局三股工作，我不知道公安局的分工细则，后来也一直没有见过他。没过两年，就听说他去世了。也不过四十来岁吧。

　　我的老伴对我说过，抗日战争时期，我不在家，有一天老刁到村里来了，到我家看了看，并对村干部们说，应该对我的家庭，有些照顾。他带着一个年轻女秘书，老刁在炕上休息，头枕在女秘书的大腿上。老伴说完笑了笑。一九四八年，我到深县县委宣传部工作。县里开会时，我曾托区干部对老刁的家庭照看一下。我还曾路过他的村庄，到他家里去过一趟。院子里空荡荡的，好像并没有找到什么人。

事隔多年，我也行将就木，觉得老刁是个同学又是朋友，常常想起他来，但对他参加革命的前前后后，总是不大清楚，像一个谜一样。

1980年9月21日晚

菜　虎

东头有一个老汉，个儿不高，膀乍腰圆，卖菜为生。人们都叫他菜虎，真名字倒被人忘记了。这个虎字，并没有什么恶意，不过是说他以菜为衣食之道罢了。他从小就干这一行，头一天推车到滹沱河北种菜园的村庄趸菜，第二天一早，又推上车子到南边的集市上去卖。因为南边都是旱地种大田，青菜很缺。

那时用的都是独木轮高脊手推车，车两旁捆上菜，青枝绿叶，远远望去，就像一个活的菜畦。

一车水菜分量很重，天暖季节他总是脱掉上衣，露着油黑的身子，把绊带套在肩上。遇见沙土道路或是上坡，他两条腿叉开，弓着身子，用全力往前推，立时就是一身汗水。但如果前面是硬整的平路，他推得就很轻松愉快了，空行的人没法赶过他去。也不知道他怎么弄的，那车子发出连续的有节奏的悠扬悦耳的声音 —— 吱咂 —— 吱咂 —— 吱咂咂 —— 吱咂咂。他的臀部也左右有节奏地摆动着。这种手推车的歌，在我幼年的记忆中，留下了深刻的印象。这是田野里的音乐，是道路上的歌，是充满希望的歌。有时这种声音，从几里地以外就能听到。他的老伴，坐在家里，这种声音从离村很远的路上传来。有人说，菜虎一过河，离家还有八里路，他的老伴就能听见他推车的声音，下炕给他做饭，等他到家，饭也就熟了。在黄昏炊烟四起的时候，人们一听到这声音，就说："菜虎回来了。"

民国六年七月初，滹沱河决口，这一带发了一场空前的洪水，庄稼全都完了，就是半生半熟的高粱，也都冲倒在地里，被泥水浸泡着。直到九十月间，已经下过霜，地里的水还没有撤完，什么晚庄稼也种不上，种冬麦都有困难。这一年的秋天，颗粒不收，人们开始吃村边树上的残叶，剥下榆树的皮，到泥里水里捞泥高粱穗来充饥，有很多小孩到撒过水的地方去挖地梨，还挖一种泥块，叫做"胶泥沉儿"，是比胶泥硬，颜色较白的小东西，放在嘴里吃。这原是营养植物的，现在用来营养人。

人们很快就干黄干瘦了，年老有病的不断死亡，也买不到棺木，都用席子裹起来，找干地方暂时埋葬。

那年我七岁，刚上小学，小学也因为水灾放假了，我也整天和孩子们到野地里去捞小鱼小虾，捕捉蚂蚱、蝉和它的原虫，寻找野菜，寻找所有绿色的、可以吃的东西。常在一起的，就有菜虎家的一个小闺女，叫做盼儿的。因为她母亲有痨病，长年喘嗽，这个小姑娘长得很瘦小，可是她很能干活，手脚利索，眼快，在这种生活竞争的场所，她常常大显身手，得到较多较大的收获，这样就会有争夺，比如一个蚂蚱、一棵野菜，是谁先看见的。

孩子们不懂事，有时问她：

"你爹叫菜虎，你们家还没有菜吃？还挖野菜？"

她手脚不停地挖着土地，回答：

"你看这道儿，能走人吗？更不用说推车了，到哪里去趸菜呀？一家人都快饿死了！"

孩子们听了，一下子就感到确实饿极了，都一屁股坐在泥地上，不说话了。

忽然在远处高坡上，出现了几个外国人，有男有女，男的穿着中国式的长袍马褂，留着大胡子，女的穿着裙子，披着金黄色的长发。

"鬼子来了。"孩子们站起来。

作为庚子年这一带义和团抗击洋人失败的报偿，外国人在往南八里地的义里村，建立了一座教堂，但这个村庄没有一家在教。现在这些洋人是来视察水灾的。他们走了以后，不久在义里村就设立了一座粥厂。村里就有不少人到那里去喝粥了。

又过了不久，传说菜虎一家在了教。又有一天，母亲回到家来对我说：

"菜虎家把闺女送给了教堂，立时换上了洋布衣裳，也不愁饿死了。"

我当时听了很难过，问母亲：

"还能回来吗？"

"人家说，就要带到天津去呢，长大了也可以回家。"母亲回答。

可是直到我离开家乡，也没见这个小姑娘回来过。

我也不知道外国人一共收了多少小姑娘，但我们这个村庄确实就只有她一个人。

菜虎和他多病的老伴早死了。

现在农村已经看不到菜虎用的那种小车，当然也就听不到它那种特有的悠扬悦耳的声音了。现在的手推车都换成了胶皮轱辘，推动起来，是没有多少声音的。

1980年9月29日晨

光　棍

　　幼年时，就听说大城市多产青皮、混混儿，斗狠不怕死，在茫茫人海中成为谋取生活的一种道路。但进城后，因为革命声势，此辈已销声敛迹，不能见其在大庭广众之中，行施其伎俩。十年动乱之期，流氓行为普及里巷，然已经"发迹变态"，似乎与前所谓混混儿者，性质已有悬殊。

　　其实，就是在乡下，也有这种人物的。十里之乡，必有仁义，也必有歹徒。乡下的混混儿，名叫光棍。一般的，这类人幼小失去父母，家境贫寒，但长大了，有些聪明，不甘心受苦。他们先从赌博开始，从本村赌到外村，再赌到集市庙会。他们能在大戏台下，万人围聚之中，吆三喝四，从容不迫，旁若无人，有多大的输赢，也面不改色。当在赌场略略站住脚步，就能与官面上勾结，也可能当上一名巡警或是衙役。从此就可以包办赌局，或窝藏娼妓。这是顺利的一途。其在赌场失败者，则可以下关东，走上海，甚至报名当兵，在外乡流落若干年，再回到乡下来。

我的一个远房堂兄，幼年随人到了上海，做织布徒工。失业后，没有饭吃，他趸了几个西瓜到街上去卖，和人争执起来，他手起刀落，把人家头皮砍破，被关押了一个月。出来后，在上海青红帮内，也就有了小小的名气。但他究竟是一个农民，家里还有一点点恒产，不到中年就回家种地，也娶妻生子，在村里很是安分。这是偶一尝试，又返回正道的一例，自然和他的祖祖辈辈的门风有关。

在大街当中，有一个光棍名叫老索，他中年时官至县城的巡警，不久废职家居，养了一笼画眉。这种鸟儿，在乡下常常和光棍做伴，可能它那种霸气劲儿，正是主人行动的陪衬。

老索并不鱼肉乡里，也没人去招惹他。光棍一般的并不在本村为非作歹，因为欺压乡邻，将被人瞧不起，已经够不上光棍的称号。但是，到外村去闯光棍，也不是那么容易。相隔一里地的小村庄，有一个姓曹的光棍，老索和他有些输赢账。有一天，老索喝醉了，拿了一把捅猪的长刀，找到姓曹的门上。声言："你不还账，我就捅了你。"姓曹的听说，立时把上衣一脱，拍着肚脐说："来，照这个地方。"老索往后退了一步，说："要不然，你就捅了我。"姓曹的二话不说，夺过他的刀来就要下手。老索转身往自己村里跑，姓曹的一直追到他家门口。乡亲拦住，才算完事。从这一次，老索的光棍，就算"栽了"。

他雄心不死，他把希望寄托在下一代。他生了三个儿子，起名虎、豹、熊。姓曹的光棍穷得娶不上妻子，老索希望他的儿子能重新建立他失去的威名。

三儿子很早就得天花死去了，少了一个熊。大儿子到了二十岁，娶了一门童养媳，二儿子长大了，和嫂子不清不楚。有一天，弟兄两个打起架来，哥哥拿着一根粗大杠，弟弟用一把小鱼刀，把哥哥刺死在街上。在乡下，一时传言，豹吃了虎。村里怕事，仓促出了殡，民不告，官不究，弟弟到关东去躲了二年，赶上抗日战争，才回到村来。他真正成了一条光棍。那时村里正在成立农会，声势很大，村两头闹派性，他站在西头一派，有一天，在大街之上，把新任的农会主任，撞倒在地。在当时，这一举动，完全可以说成是长地富的威风，但一查他的三代，都是贫农，就对他无可奈何。我们有很长时期，是以阶级斗争代替法律的。他和嫂嫂同居，一直到得病死去。他嫂子现在还活着，有一年我回家，清晨路过她家的小院，看见她开门出来，风姿虽不及当年，并不见有什么愁苦。

这也是一种门风。老索有一个堂房兄弟名叫五湖，我幼年时，他在街上开小面铺，兼卖开水。他用竹簪把头发盘在头顶上，就像道士一样。他养着一匹小毛驴，就像大个山羊那么高，但鞍镫铃铛齐全，打扮得很是漂亮。我到外地求学，曾多次向他借驴骑用。

面铺的后边屋子里，住着他的寡嫂。那是一位从来也不到屋子外面的女人，她的房间里，一点光线也没有。她信佛，挂着红布围裙的迎门桌上，长年香火不断。这可能是避人耳目，也可能是忏悔吧。

据老年人说，当年五湖也是因为这个女人把哥哥打死的，也是到关东躲了几年，小毛驴就是从那里骑回来的。五湖并不像是光棍，他一本正经，神态岸然，倒像经过修身养性的人。乡人尝谓：如果当时有人告状，五湖受到法律制裁，就不会再有虎豹间的悲剧。

1980年10月5日

外祖母家

外祖母家是彪冢村，在滹沱河北岸，离我们家有十四五里路。当我初上小学，夜晚温书时，母亲给我讲过这样一个故事：母亲姐妹四人，还有两个弟弟，母亲是最大的。外祖父和外祖母，只种着三亩当来的地，一家八口人，全仗着织卖土布生活。外祖母、母亲、二姨，能上机子的，轮流上机子织布。三姨、四姨，能帮着经、纺的，就帮着经、纺。人歇马不歇，那张停放在外屋的木机子，昼夜不闲着，这个人下来吃饭，那个人就上去织。外祖父除种地外，每个集日（郎仁镇）背上布去卖，然后换回线子或是棉花，赚的钱就买粮食。

母亲说，她是老大，她常在夜间织，机子上挂一盏小油灯，每每织到鸡叫。她家东邻有个念书的，准备考秀才，每天夜里，大声念书，声闻四邻。母亲说，也不知道他念的是什么书，只听着隔几句，就"也"一声，拉的尾巴很长，也是一念就念到鸡叫。可是这个人念了多少年，也没有考中。正像外祖父一家，织了多少年布，还是穷一样。

母亲给我讲这个故事，当时我虽然不明白，其目的是为了什么，但给我留下很深的印象，一生也没有忘记。是鼓励我用功吗？好像也没有再往下说；是回忆她出嫁前的艰难辛苦的生活经历吧。

这架老织布机，我幼年还见过，烟熏火燎，通身变成黑色的了。

外祖父的去世，我不记得。外祖母去世的时候，我记得大舅父已经下了关东。二舅父十几岁上就和我叔父赶车拉脚。后来遇上一年水灾，叔父又对父亲说了一些闲话，我父亲把牲口卖了，二舅父回到家里，没法生活。他原在村里和一个妇女相好，女的见从他手里拿不到零用钱，就又和别人好去了。二舅父想不开，正当年轻，竟悬梁自尽。

大舅父在关东混了二十多年，快五十岁才回到家来。他还算是本分的，省吃俭用，带回一点钱，买了几亩地，娶了一个后婚，生了一个儿子。

大舅父在关外学会打猎，回到老家，他打了一条鸟枪，春冬两闲，好到野地里打兔子。他枪法很准，有时串游到我们村庄附近，常常从他那用破布口袋缝成的挂包里，掏出一只兔子，交给姐姐。母亲赶紧给他去做些吃食，他就又走了。

他后来得了抽风病。有一天出外打猎，病发了，倒在大道上，路过的人，偷走了他的枪支。他醒过来，又急又气，从此竟一病不起。

我记得二姨母最会讲故事，有一年她住在我家，母亲去看外祖母，夜里我哭闹，她给我讲故事，一直讲到母亲回来。她的丈夫，也下了关东，十几年后，才叫她带着表兄找上去。后来一家人，在那里落了户。现在已经是人口繁衍了。

1982年5月30日

瞎 周

我幼小的时候，我家住在这个村庄的北头。门前一条南北大车道，从我家北墙角转个弯，再往前去就是野外了。斜对门的一家，就是瞎周家。

那时，瞎周的父亲还活着，我们叫他和尚爷。虽叫和尚，他的头上却留着一个"毛刷"，这是表示，虽说剪去了发辫，但对前清，还是不能忘怀的。他每天拿一个小板凳，坐在门口，默默地抽着烟，显得很寂寞。

他家的房舍，还算整齐，有三间砖北房，两间砖东房，一间砖过道，黑漆大门。西边是用土墙围起来的一块菜园，地方很不小。园子旁边，树木很多。其中有一棵臭椿树，这种树木虽说并不名贵，但对孩子们吸引力很大。每年春天，它先挂牌子，摘下来像花朵一样，树身上还长一种黑白斑点的小甲虫，名叫"椿象"，捉到手里，很好玩。

听母亲讲，和尚爷，原有两个儿子，长子早年去世了。次子就是瞎周。他原先并不瞎，娶了媳妇以后，因为婆媳不和，和他父亲分了家，一气之下，走了关东。临行之前，在庭院中，大喊声言：

"那里到处是金子，我去发财回来，天天吃一个肉丸的、顺嘴流油的饺子，叫你们看看。"

谁知出师不利，到关东不上半年，学打猎，叫火枪伤了右眼，结果两只眼睛都瞎了。同乡们凑了些路费，又找了一个人把他送回来。这样来回一折腾，不只没有发了财，还欠了不少债，把仅有的三亩地，卖出去二亩。村里人都当作笑话来说，并且添油加醋，说哪里是打猎，打猎还会伤了自己的眼？是当了红胡子，叫人家对面打瞎的。这是他在家不行孝的报应，是生分畜类孩子们的样子！

为了生活，他每天坐在只铺着一张席子的炕上，在裸露的大腿膝盖上，搓麻绳。这种麻绳很短很细，是穿铜钱用的，就叫钱串儿。每到集日，瞎周挂上一根棍子，拿了搓好的麻绳，到集市上去卖了，再买回原麻和粮食。

他不像原先那样活泼了。他的两条眉毛，紧紧锁在一起，脑门上有一条直直立起的粗筋暴露着。他的嘴唇，有时咧开，有时紧紧闭着。有时脸上的表情像是在笑，更多的时候像是要哭。

他很少和人谈话，别人遇到他，也很少和他打招呼。

他的老婆，每天守着他，在炕的另一头纺线。他们生了一个男孩，岁数和我相仿。

我小时到他们屋里去过，那屋子里因为不常撩门帘，总有那么一种近于狐臭的难闻的味道。有个大些的孩子告诉我，说是如果在歇晌的时候，到他家窗前去偷听，可以听到他两口子"办事"。但谁也不敢去偷听，怕遇到和尚爷。

瞎周的女人，给我留下的印象，有些像鲁迅小说里所写的豆腐西施。她在那里站着和人说话，总是不安定，前走两步，又后退两步。所说的话，就是小孩子也听得出来，没有丝毫的诚意。她对人没有同情，只会幸灾乐祸。

　　和尚爷去世以前，瞎周忽然紧张了起来，他为这一桩大事，心神不安。父亲的产业，由他继承，是没有异议或纷争的。只是有一个细节，议论不定。在我们那里，出殡之时，孝子从家里哭着出来，要一手打幡，一手提着一块瓦，这块瓦要在灵前摔碎，摔得越碎越好。不然就会有许多说讲。管事的人们，担心他眼瞎，怕瓦摔不到灵前放的那块石头上，那会大杀风景，不吉利，甚至会引起哄笑。有人建议，这打幡摔瓦的事，就叫他的儿子去做。

　　瞎周断然拒绝了，他说有他在，这不是孩子办的事。这是他的职责，他的孝心，一定会感动上天，他一定能把瓦摔得粉碎。至于孩子，等他死了，再摔瓦也不晚。

　　他大概默默地做了很多次练习和准备工作，到出殡那天，果然，他一摔中的，瓦片摔得粉碎。看热闹的人们，几乎忍不住要拍手叫好。瞎周心里的洋洋得意，也按捺不住，形之于外了。

　　他什么时候死去的，我因为离开家乡，就不记得了。他的女人现在也老了，也糊涂了。她好贪图小利，又常常利令智昏。有一次，她从地里拾庄稼回来，走到家门口，遇见一个人，抱着一只鸡，对她说：

"大娘，你买鸡吗？"

"俺不买。"

"便宜呀，随便你给点钱。"

她买了下来，把鸡抱到家，放到鸡群里面，又撒了一把米。

等到儿子回来，她高兴地说：

"你看，我买了一只便宜鸡。真不错，它和咱们的鸡，还这样合群儿。"

儿子过来一看说：

"为什么不合群？这原来就是咱家的鸡么！你遇见的是一个小偷。"

她的儿子，抗日刚开始，也干了几天游击队，后来一改编成八路军，就跑回来了。他在集市上偷了人家的钱，被送到外地去劳动了好几年。她的孙子，是个安分的青年农民，现在日子过得很好。

1982年5月31日上午续写毕

楞起叔

楞起叔小时，因没人看管，从大车上头朝下栽下来，又不及时医治 —— 那时乡下也没法医治，成了驼背。

他是我二爷的长子。听母亲说，二爷是个不务正业的人，好喝酒，喝醉了就搬个板凳，坐在院里拉板胡，自拉自唱。

他家的宅院，和我家只隔着一道墙。从我记事时，楞起叔就给我一个好印象 —— 他的脾气好，从不训斥我们。不只不训斥，还想方设法哄着我们玩儿。他会捕鸟，会编鸟笼子，会编蝈蝈葫芦，会结网，会摸鱼。

他包管割坟草的差事，每年秋末冬初，坟地里的草衰白了，田地里的庄稼早就收割完了，蝈蝈都逃到那混杂着荆棘的坟草里，平常捉也没法捉，只有等到割草清坟之日，才能暴露出来。这时的蝈蝈很名贵，养好了，能养到明年正月间。

他还会弹三弦。我幼小的时候，好听大鼓书，有时也自编自唱，敲击着破升子底，当做鼓，两块破犁铧片当做板。楞起叔给我伴奏，就在他家院子里演唱起来。这是家庭娱乐，热心的听众只有三祖父一个人。

因为身体有缺陷，他从小就不能掏大力气，但田地里的锄耪收割，他还是做得很出色。他也好喝酒，二爷留下几亩地，慢慢他都卖了。春冬两闲，他就给赶庙会卖豆腐脑的人家，帮忙烙饼。

这种饭馆，多是联合营业。在庙会上搭一个长洞形的席棚。棚口，右边一辆肉车，左边一个烧饼炉。稍进就是豆腐脑大铜锅。棚子中间，并排放着一些方桌、板凳，这是客座。

楞起叔工作的地方，是在棚底。他在那里安排一个锅灶，烙大饼。因为身残，他在灶旁边挖好一个二尺多深的圆坑，像军事掩体，他站在里面工作，这样可以免得老是弯腰。

帮人家做饭，他并挣不了什么钱，除去吃喝，就是看戏方便。这也只是看夜戏，夜间就没人吃饭来了。他懂得各种戏文，也爱唱。

因为长年赶庙会，他交往了各式各样的人。后来，他又"在了理"，听说是一个会道门。有一年，这一带遭了大水，水撤了以后，地变碱了，道旁墙根，都泛起一层白霜。他联合几个外地人，在他家院子里安锅烧小盐。那时烧小盐是犯私的，他在村里人缘好，村里人又都朴实，没人给他报告。就在这年冬季，河北一个村庄的地主家，在儿子新婚之夜，叫人砸了明火。报到县里，盗贼竟是住在楞起叔家烧盐的人们。他们逃走了，县里来人把楞起叔两口子捉进牢狱。

在牢狱一年，他受尽了苦刑，冬天，还差点没有把脚冻掉。其实，他什么也没有得到，事前事后也不知情。县里把他放了出来，养了很久，才能劳动。他的妻子，不久就去世了。

他还是好喝酒，好赶集。一喝喝到日平西，人们才散场。然后，他拿着他那条铁棍，踉踉跄跄地往家走。如果是热天，在路上遇到一棵树，或是大麻子棵，他就倒在下面睡到天黑。逢年过节，要账的盈门，他只好躲出去。

他脾气好，又乐观，村里有人叫他老软儿，也有人叫他孙不愁。他有一个儿子，抗日时期参了军。全国解放以后，楞起叔的生活是很好的。他死在邢台地震那一年，也享了长寿。

1982年5月31日下午

根 雨 叔

　　根雨叔和我们，算是近支。他家住在村西北角一条小胡同里，这条胡同的一头，可以通到村外。他的父亲弟兄两个，分别住在几间土甓北房里，院子用黄土墙围着，院里有几棵枣树，几棵榆树。根雨叔的伯父，秋麦常给人家帮工，是个老老实实的庄稼人，好像一辈子也没有结过婚。他浑身黝黑，又干瘦，好像古庙里的木雕神像，被烟火熏透了似的。根雨叔的父亲，村里人都说他脾气不好，我们也很少和他接近。听说他的心狠，因为穷，在根雨还很小的时候，就把他的妻子，弄到河北边，卖掉了。

民国六年，我们那一带，遭了大水灾，附近的天主教堂，开办了粥厂，还想出一种以工代赈的家庭副业，叫人们维持生活。清朝灭亡以后，男人们都把辫子剪掉了，把这种头发接结起来，织成网子，卖给外国妇女作发罩，很能赚钱。教会把持了这个买卖，一时附近的农村，几乎家家都织起网罩来。所用工具很简单，操作也很方便，用一块小竹片作"制板"，再削一枝竹梭，上好头发，街头巷尾，年轻妇女们，都在从事这一特殊的生产。

男人们管头发和交货。根雨叔有十几岁了，却和姑娘们坐在一起织网罩，给人一种男不男女不女的感觉。

人家都把辫子剪下来卖钱了，他却逆潮流而动，留起辫子来。他的头发又黑又密，很快就长长了。他每天精心梳理，顾影自怜，真的可以和那些大辫子姑娘们媲美了。

每天清早，他担着两只水筲，到村北很远的地方去挑水。一路上，他"咦——咦"地唱着，那是昆曲《藏舟》里的女角唱段。

不知为什么，织网罩很快又不时兴了。热热闹闹的场面，忽然收了场，人们又得寻找新的生活出路了。

村里开了一家面坊，根雨叔就又去给人家磨面了。磨坊里安着一座脚打罗，在那时，比起手打罗，这算是先进的工具。根雨叔从早到晚在磨坊里工作，非常勤奋和欢快。他是对劳动充满热情的人，他在这充满秽气，挂满蛛网，几乎经不起风吹雨打，摇摇欲坠的破棚子里，一会儿给拉磨的小毛驴扫屎填尿，一会儿拨磨扫磨，然后身靠南墙，站在罗床踏板上：

踢踢跶，踢踢跶，踢跶踢跶踢踢跶……筛起面来。

他的大辫子摇动着，他的整个身子摇动着，他的浑身上下都落满了面粉。他踏出的这种节奏，有时变化着，有时重复着，伴着飞扬洒落的面粉，伴着拉磨小毛驴的打嚏喷、撒尿声，伴着根雨叔自得其乐的歌唱，飘到街上来，飘到野外去。

面坊不久又停业了，他又给本村人家去打短工，当长工。三十岁的时候，他娶了一房媳妇，接连生了两个儿子。他的父亲嫌儿子不孝顺，忽然上吊死了。媳妇不久也因为吃不饱，得了疯病，整天蜷缩在炕角落里。根雨叔把大孩子送给了亲戚，媳妇也忽然不见了。人们传说，根雨叔把她领到远地方扔掉了。

从此，就再也看不见他笑，更听不到他唱了。土地改革时，他得到五亩田地，精神好了一阵子，二儿子也长大成人，娶了媳妇。但他不久就又沉默了。常和儿子吵架。冬天下雪的早晨，他也会和衣睡倒在村北禾场里。终于有一天夜里，也学了他父亲的样子，死去了，薄棺浅葬。一年发大水，他的棺木冲到下水八里外一个村庄，有人来报信，他的儿子好像也没有去收拾。

村民们说：一辈跟一辈，辈辈不错制儿。延续了两代人的悲剧，现在可以结束了吧？

　　　　　　　　　　　　　　　　1982年6月2日

吊挂及其它

吊　挂

每逢新年，从初一到十五，大街之上，悬吊挂。

吊挂是一种连环画。每幅一尺多宽，二尺多长，下面作牙旗状。每四幅一组，串以长绳，横挂于街。每隔十几步，再挂一组。一条街上，共有十几组。

吊挂的画法，是用白布涂一层粉，再用色彩绘制人物山水车马等等。故事多取材于《封神演义》，《三国演义》，《五代残唐》或《杨家将》。其画法与庙宇中的壁画相似，形式与年画中的连环画一样。在我的记忆中，新年时，吊挂只是一种装饰，站立在下面的观赏者不多。因为妇女儿童，看不懂这些故事，而大人长者，已经看了很多年，都已经看厌了。吊挂经过多年风雪吹打，颜色已经剥蚀，过了春节，就又由管事人收起来，放到家庙里去了。吊挂与灯笼并称。年节时街上也挂出不少有绘画的纸灯笼，供人欣赏。杂货铺掌柜叫变吉的，每年在门前挂一个走马灯，小孩们聚下围观。

锣 鼓

村里人，从地亩摊派，置买了一套锣鼓铙钹，平日也放在家庙里，春节才取出来，放在十字大街动用。每天晚上吃过饭，乡亲们集在街头，各执一器，敲打一通，说是娱乐，也是联络感情。

其鼓甚大，有架。鼓手执大棒二，或击其中心，或敲其边缘，缓急轻重，以成节奏。每村总有几个出名的鼓手。遇有求雨或出村赛会，鼓载于车，鼓手立于旁，鼓棒飞舞，有各种花点，是最动人的。

小　戏

小康之家，遇有丧事，则请小戏一台，也有亲友送的。所谓小戏，就是街上摆一张方桌，四条板凳，有八个吹鼓手，坐在那里吹唱。并不化装，一人可演几个角色，并且手中不离乐器。桌上放着酒菜，边演边吃喝。有人来吊孝，则停戏奏哀乐。男女围观，灵前有戚戚之容，戏前有欢乐之意。中国的风俗，最通人情，达世故，有辩证法。

富人家办丧事，则有老道念经。念经是其次，主要是吹奏音乐。这些道士，并不都是职业性质，很多是临时装扮成的，是农民中的音乐爱好者。他们所奏为细乐，笙管云锣，笛子唢呐都有。

最热闹的场面，是跑五方。道士们排成长队，吹奏乐器，绕过或跳过很多板凳，成为一种集体舞蹈。出殡时，他们在灵前吹奏着，走不远农民们就放一条板凳，并设茶水，拦路请他们演奏一番，以致灵车不能前进，延误埋葬。经管事人多方劝说，才得作罢。在农村，一家遇丧事，众人得欢心，总是因为平日文化娱乐太贫乏的缘故。

大　戏

　　农村唱大戏，多为谢雨。农民务实，连得几场透雨，丰收有望，才定期演戏，时间多在秋前秋后。

　　我的村庄小，记忆中，只唱过一次大戏。虽然只唱了一次，却是高价请来的有名的戏班，得到远近称赞。并一直传说：我们村不唱是不唱，一唱就惊人。事前，先由头面人物去"写戏"，就是订合同。到时搭好照棚戏台，连夜派车去"接戏"。我们村庄小，没有大牲口（骡马），去的都是牛车，使演员们大为惊异，说这种车坐着稳当，好睡觉。

　　唱戏一般是三天三夜。天气正在炎热，戏台下万头攒动，尘土飞扬，挤进去就是一身透汗。而有些年轻力壮的小伙子，在此时刻，好表现一下力气，去"扒台板"看戏。所谓扒台板，就是把小褂一脱，缠在腰里，从台下侧身而入，硬拱进去，然后扒住台板，用背往后一靠。身后万人，为之披靡，一片人浪，向后拥去。戏台照棚，为之动摇。管台人员只好大声喊叫，要求他稳定下来。他却得意洋洋，旁若无人地看起戏来。出来时，还是从台下钻出，并夸口说，他看见坤角的小脚了。在农村，看戏扒台板，出殡扛棺材头，都是小伙子们表现力气的好机会。

唱大戏是村中的大典，家家要招待亲朋；也是孩子们最欢乐的节日。直到现在，我还记得一个歌谣，名叫"四大高兴"。其词曰：新年到，搭戏台，先生（学校老师）走，媳妇来。反之，为"四大不高兴"。其词为：新年过，戏台拆，媳妇走，先生来。可见，在农村，唱大戏和过新年，是同样受到重视的。

1982年7月

疤 增 叔

因为他生过天花，我们叫他疤增叔。堂叔一辈，还有一个名叫增的，这样也好区别。

过去，我们村的贫苦农民，青年时，心气很高，不甘于穷乡僻壤这种饥一顿饱一顿的生活，想远走高飞。老一辈的是下关东，去上半辈子回来，还是受苦，壮心也没有了。后来，是跑上海，学织布。学徒三年，回来时，总是穿一件花丝格棉袍，村里人称他们为上海老客。

疤增叔是我们村去上海的第一个人。最初，他也真的挣了一点钱，汇到家里，盖了三间新北屋，娶了一房很标致的媳妇。人人羡慕，后来经他引进，去上海的人，就有好几个。

疤增叔其貌不扬，幼小时又非常淘气，据老一辈说，他每天拉屎，都要到树杈上去。为人甚为精明，口才也好，见识又广。有一年寒假完了，我要回保定上学，他和我结伴，先到保定，再到天津，然后坐船到上海，这样花路费少一些。第一天，我们宿在安国县我父亲的店铺里。商店习惯，来了客人，总有一个二掌柜陪着说话。我在地下听着，疤增叔谈上海商业行情，头头是道，真像一个买卖人，不禁为之吃惊。

到了保定，我陪他去买到天津的汽车票。不坐火车坐汽车，也是为的省钱。买了第二天的汽车票，疤增叔一定叫汽车行给写个字据：如果不按时间开车，要加倍赔偿损失。那时的汽车行，最好坑人骗钱，这又是他出门多的经验，使我非常佩服。

究竟他在上海干什么，村里也传说不一。有的说他给一家纺织厂当跑外，有的说他自己有几张机子，是个小老板。后来，经他引进到上海去的一个本家侄子回来，才透露了一点实情，说他有时贩卖白面（毒品），装在牙粉袋里，过关口时，就叫这个侄子带上。

不久，他从上海带回一个小老婆，河南人，大概是跑到上海去觅生活的，没有办法跟了他。也有人说，疤增叔的二哥，还在打光棍，托他给找个人，他给找了，又自己霸占了，二哥并因此生闷气而死亡。

又有一年，他从河南赶回几头瘦牛来，有人说他把白面藏在牛的身上，牛是白搭。究竟怎样藏法，谁也不知道。

后来，他就没挣回过什么，一年比一年潦倒，就不常出门，在家里做些小买卖。有时还卖虾酱，掺上很多高粱糁子。

家里娶的老伴，已经亡故。在上海弄回的女人，给他生了一个儿子，中间一度离异，母子回了河南，后来又找回来，现在已长大成人，出去工作了。

原来的房子，被大水冲塌，用旧砖垒了一间屋子，老两口就住在里面，谁也不收拾，又脏又乱。

一年春节，人们夜里在他家赌钱。局散了以后，老两口吵了起来，老伴把他往门外一推，他倒在地下就死了。

1983年9月3日

秋 喜 叔

　　秋喜叔的父亲，是个棚匠。家里有一捆一捆的苇席，一团一团的麻绳，一根大弯针，每逢庙会唱戏，他就被约去搭棚。

　　这老人好喝酒，有了生意，他就大喝。而每喝必醉，醉了以后，他从工作的地方，摇摇晃晃地走回来，进村就大骂，一直骂进家里。有时不进家，就倒在街上骂，等到老伴把他扶到家里，躺在炕上，才算完事。人们说，他是装的，借酒骂人，但从来没有人去拾这个碴儿，和他打架。

　　他很晚的时候，才生下秋喜叔。秋喜叔并无兄弟姐妹，从小还算是娇生惯养的，也上了几年小学。

十几岁的时候，秋喜叔跟着一个本家哥哥去了上海，学织布，不愿意干了，又没钱回不了家，就当了兵，从南方转到北方。那时我在保定上中学，有一天，他送来一条棉被，叫我放假时给他带回家里。棉被里里外外都是虱子，这可能是他在上海学徒三年的唯一剩项。第二天，又来了两个军人找我，手里拿着皮带，气势汹汹，听他们的口气，好像是秋喜叔要逃跑，所以先把被子拿出来。他们要我到火车站他们的连部去对证。那时这种穿二尺半的丘八大爷们，是不好对付的，我没有跟他们走。好在这是学校，他们也无奈我何。

后来，秋喜叔终于跑回家去，结了婚，生了儿子。抗日战争时，家里困难，他参加了八路军，不久又跑回来。

秋喜叔的个性很强，在农村，他并不愿意一锄一镰去种地，也不愿推车担担去做小买卖。但他也不赌博，也不偷盗。在村里，他年纪不大，辈分很高，整天道貌岸然，和谁也说不来，对什么事也看不惯。躲在家里，练习国画。土改时，他从我家拿去一个大砚台，我回家时，他送了一幅他画的"四破"，叫我赏鉴。

他的父亲早已去世，他这样坐吃山空，日子一天不如一天。家里地里的活儿，全靠他的老伴。那是一位任劳任怨，讲究三从四德的农村劳动妇女，整天蓬头垢面，钻在地里砍草拾庄稼。

秋喜叔也好喝酒，但是从来不醉。也好骂街，但比起他的父亲来，就有节制多了。

秋天，村北有些积水，他自制一根钓竿，从早到晚，坐在那里垂钓。其实谁也知道，那里面并没有鱼。

他的儿子长大了，地里的活也干得不错，娶了个媳妇，也很能劳动，眼看日子会慢慢好起来。谁知这儿子也好喝酒，脾气很劣，为了一点小事，砍了媳妇一刀，被法院判了十五年徒刑，押到外地去了。

从此，秋喜叔就一病不起，整天躺在炕上，望着挂满蛛网的屋顶，一句话也不说。谁也说不上他得的是什么病，三年以后才死去了。

1983年9月2日下午

大 嘴 哥

　　幼小时，听母亲说，"过去，人们都愿意去店子头你老姑家拜年，那里吃得好。平常日子都不做饭，一家人买烧鸡吃。十年河东，十年河西，现在，谁也不去店子头拜年了，那里已经吃不上饭，就不用说招待亲戚了"。

　　我没有赶上老姑家的繁盛时期，也没有去拜过年。但因为店子头离我们村只有三里地，我有一个表姐，又嫁到那里，我还是去玩过几次的。印象中，老姑家还有几间高大旧砖房，人口却很少，只记得一个疤眼的表哥，在上海织了几年布，也没有挣下多少钱，结不了婚。其次就是大嘴哥。

大嘴哥比我大不了多少，也没有赶上他家的鼎盛时期。他发育不良，还有些喘病，因此农活上也不大行，只能干一些零碎活。

在我外出读书的时候，我们家已经渐渐上升为富农。自己没有主要劳力，除去雇一名长工外，还请一两个亲戚帮忙，大嘴哥就是这样来我们家的。

他为人老实厚道，干活尽心尽力，从不和人争争吵吵。平日也没有花言巧语，问他一句，他才说一句。所以，我们虽然年岁相当，却很少在一块玩玩谈谈。我年轻时，也是世俗观念，认为能说会道，才是有本事的人；老实人就是窝囊人。在大嘴哥那一面，他或者想，自己的家道中衰，寄人篱下，和我之间，也有些隔阂。

他在我们家，呆的时间很长，一直到土改，我家的田地分了出去，他才回到店子头去了。按当时的情况，他是一个贫农，可以分到一些田地。不过他为人孱弱，斗争也不会积极，上辈的成分又不太好，我估计他也得不到多少实惠。

这以后，我携家外出，忙于衣食。父亲、母亲和我的老伴，又相继去世，没有人再和我念道过去的老事。十年动乱，身心交瘁，自顾不暇，老家亲戚，不通音问，说实在的，我把大嘴哥差不多忘记了。

去年秋天，一个叔伯侄子从老家来，临走时，忽然谈到了大嘴哥。他现在是个孤老户。村里把我表姐的两个孩子找去，说："如果你们照顾他的晚年，他死了以后，他那间屋子，就归你们。"两个外甥答应了。

我听了，托侄子带了十元钱，作为对他的问候。那天，我手下就只有这十元钱。

今年春天，在石家庄工作的大女儿退休了，想写点她幼年时的回忆，在她寄来的材料中，有这样一段：在抗战期间，我们村南有一座敌人的炮楼。日本鬼子经常来我们村"扫荡"，找事，查户口，每家门上都有户口册。有一天，日本鬼子和伪军，到我们家查问父亲的情况。当时我和母亲，还有给我家帮忙的大嘴大伯在家。母亲正给弟弟喂奶，忽听大门给踢开了，把我和弟弟抱在怀里，吓得浑身哆嗦。一个很凶的伪军问母亲，孙振海（我的小名 —— 犁注）到哪里去了？随手就把弟弟的被褥，用刺刀挑了一地。母亲壮了壮胆说，到祁州做买卖去了。日本鬼子又到西屋搜查。

当时大嘴大伯正在西屋给牲口喂草，他们以为是我家的人。伪军问：孙振海到哪里去了？大伯说不知道。他们把大伯吊在房梁上，用棍子打，打得昏过去了，又用水泼，大伯什么也没有说，日本鬼子走了以后，我们全家人把大伯解下来，母亲难过地说：叫你跟着受苦。大女儿幼年失学，稍大进厂做工，写封信都费劲。她写的回忆，我想是没有虚假的。那么，大嘴哥还是我们一家的救命恩人。抗战胜利，我回到家里，他从来没有提起过这件事。初进城那几年，我的生活还算不错，他从来没有找过我，也没有来过一次信。他见到和听到了，我和我的家庭，经过的急剧变化。他可能对自幼娇生惯养，不能从事生产的我，抱有同情和谅解之心。我自己是惭愧的。这些年，我的心，我的感情，变得麻痹，也有些冷漠了。

1985年6月27日下午

大 根

　　岳父只有两个女儿，和我结婚的，是他的次女。到了五十岁，他与妻子商议，从本县河北一贫家，购置一妾，用洋三百元。当领取时，由长工用粪筐背着银元，上覆柴草，岳父在后面跟着。到了女家，其父当场点数银元，并一一当当敲击，以视有无假洋。数毕，将女儿领出，毫无悲痛之意。岳父恨其无情，从此不许此妾归省。有人传言，当初相看时，所见者为其姐，身高漂亮，此女则瘦小干枯，貌亦不扬。村人都说：岳父失去眼窝，上了媒人的当。

　　婚后，人很能干，不久即得一子，取名大根，大做满月，全家欢庆。第二胎，为一女孩，产时值夜晚，仓促间，岳父被墙角一斧伤了手掌，染破伤风，遂致不起。不久妾亦猝死，祸起突然，家亦中落。只留岳母带领两个孩子，我妻回忆：每当寒冬夜晚，岳母一手持灯，两个小孩拉着她的衣襟，像扑灯蛾似的，在那空荡荡的大屋子出出进进，实在悲惨。

大根稍大以后，就常在我家。那时，正是抗日时期，他们家离据点近，每天黎明，这个七八岁的孩子，牵着他喂养的一只山羊，就从他们村里出来到我们村，黄昏时再回去。

那时我在外面抗日。每逢逃难，我的老父带着一家老小，再加上大根和他那只山羊，慌慌张张，往河北一带逃去。在路上遇到本村一个卖烧饼馃子的，父亲总是说："把你那柜子给我，我都要了！"这样既可保证一家人不致挨饿，又可以作为掩护。

平时，大根跟着我家长工，学些农活。十几岁上，他就努筋拔力，耕种他家剩下的那几亩土地了。岳母早早给他娶了一个比他大几岁，很漂亮又很能干的媳妇，来帮他过日子。不久，岳母也就去世了。小小年纪，十几年间，经历了三次大丧事。

大根很像他父亲，虽然没念什么书，却聪明有计算，能说，乐于给人帮忙和排解纠纷，在村里人缘很好。土改时，有人想算他家的旧账，但事实上已经很穷，也就过去了。

他在村里，先参加了村剧团，演《小女婿》中的田喜，他本人倒是个地地道道的小女婿。

二十岁时，他已经有两个儿子，加上他妹妹，五口之家，实在够他巴结的。他先和人家合伙，在集市上卖饺子，得利有限。那些年，赌风很盛，他自己倒不赌，因为他精明，手头利索，有人请他代替推牌九，叫做"枪手"。有一次在我们村里推，他弄鬼，被人家看出来，几乎下不来台，念他是这村的亲戚，放他走了。随之，在这一行，他也就吃不开了。

他好像还贩卖过私货，因为有一年，他到我家，问他二姐有没有过去留下的珍珠，他二姐说没有。

后来又当了牲口经纪。他自己也养骡驹子，他说从小就喜欢这玩意儿。

"文革"前，他二姐有病，他常到我家帮忙照顾，他二姐去世，这些年就很少来了。

去年秋后，他来了一趟，也是六十来岁的人了，精神不减当年，相见之下，感慨万端。

他有四个儿子，都已成家，每家五间新砖房，他和老伴，也是五间。有八个孙子孙女，都已经上学。大儿子是大乡的书记，其余三个，也都在乡里参加了工作。家里除养一头大骡子，还有一台拖拉机。责任田，是他带着儿媳孙子们去种，经他传艺，地比谁家种得都好。一出动就是一大帮，过往行人，还以为是个没有解散的生产队。

多年不来，我请他吃饭。

"你还赶集吗？ 还给人家说合牲口吗？"席间，我这样问。

"还去。"他说，"现在这一行要考试登记，我都合格。"

"说好一头牲口，能有多大好处？"

"有规定。"他笑了笑，终于语焉不详。

"你还赌钱吗？"

"早就不干了。"他严肃地说，"人老了，得给孩子们留个名誉，儿子当书记，万一出了事，不好看。"

我说："好好干吧！ 现在提倡发家致富，你是有本事的人，遇到这样的社会，可以大展宏图。"

他叫我给他写一幅字，裱好了给他捎去。他说："我也不贴灶王爷了，屋里挂一张字画吧。"

过去，他来我家，走时我没有送过他。这次，我把他送到大门外，郑重告别。因为我老了，以后见面的机会，不会再多了。

1986年8月14日

刁 叔

刁叔，是写过的疤增叔的二哥。大哥叫瑞，多年跑山西，做小买卖，为人有些流氓气，也没有挣下什么，还把梅毒传染给妻子，妻女失明，儿子塌鼻破嗓，他自己不久也死了。

和我交往最多的，是刁叔。他比我大二十岁，但不把我当做孩子，好像我是他的一个知己朋友。其实，我那时对他，什么也不了解。

他家离我家很近，住在南北街路西。砖门洞里，挂着两块贞节匾，大概是他祖母的事迹吧。那时他家里，只有他和疤增婶子，他一个人住在西屋。

他没有正式上过学，但"习"过字。过去，在村中无力上学，又有志读书的农民，冬闲时凑在一起，请一位能写会算的人，来教他们，就叫习字。

他为人沉静刚毅，身材高大强健。家里土地很少，没有多少活儿，闲着的时候多。但很少见到他，像别的贫苦农民一样，背着柴筐粪筐下地，也没有见过他，给别人家打短工。他也很少和别人闲坐说笑，就喜欢看一些书报。

那时乡下，没有多少书，只有我是个书呆子。他就和我交上了朋友。他向我借书，总是亲自登门，讷讷启口，好像是向我借取金钱。

我并不知道他喜欢看什么书，我正看什么，就常常借给他什么。有一次，我记得借给他的是《浮生六记》。他很快就看完了，送回时，还是亲自登门，双手捧着交给我。书，完好无损。把书借给这种人，比现在借书出去，放心多了。

我不知道他能看懂这种书不能，也没问过他读后有什么感想。我只是尽乡亲之谊，邻里之间，互通有无。

他是一个光棍。旧日农村，如果家境不太好，老大结婚还有可能，老二就很难了。他家老三，所以能娶上媳妇，是因为跑了上海，发了点小财。这在另一篇文章中，已经提过了。

我现在想：他看书，恐怕是为了解闷，也就是消遣吧。目前有人主张，文学的最大功能，最高价值，就是供人消遣。这种主张，很是时髦。其实，在几十年前，刁叔的读书，就证实了这一点，我也很早就明白这层道理了。看来并算不得什么新理论，新学说。

刁叔家的对门，是秃小叔。秃小叔一只眼，是个富农，又是一家之主，好赌。他的赌，不是逢年过节，农村里那种小赌。是到设在戏台下面，或是外村的大宝局去赌。他为人，有些胆小，那时地面也确实不大太平，路劫、绑票的很多。每当他去赴宝局之时，他总是约上刁叔，给他助威仗胆。

那种大宝局的场合、气氛，如果没有亲临过，是难以想象的。开局总是在夜间，做宝的人，隐居帐后；看宝的人，端坐帐前。一片白布，作为宝案，设于破炕席之上，幺、二、三、四，四个方位，都压满了银元。赌徒们炕上炕下，或站或立，屋里屋外，都挤满了人。人人面红耳赤，心惊肉跳；烟雾迷蒙，汗臭难闻。胜败既分，有的甚至屁滚尿流，捶胸顿足。

"免三！"一局出来了，看宝的人把宝案放在白布上，大声喊叫。免三，就是看到人们压三的最多，宝盒里不要出三。一个赌徒，抓过宝盒，屏气定心，慢慢开动着。当看准那个刻有红月牙的宝心指向何方时，把宝盒一亮，此局已定，场上有哭有笑。

秃小叔虽然一只眼，但正好用来看宝盒，看宝盒，好人有时也要眯起一只眼。他身后，站着刁叔。刁叔是他的赌场参谋，常常因他的运筹得当，而得到胜利。天明了，两个人才懒洋洋地走回村来。

这对刁叔来说，也是一种消遣。他有一个"木猫"，冬天放在院子里，有时会逮住一只黄鼬。有一回，有一只猫钻进去了，他也没有放过。一天下午，他在街上看见我，低声说：

"晚上到我那里去，我们吃猫肉。"

晚上，我真的去了，共尝了猫肉。我一生只吃过这一次猫肉。也不知道是家猫，还是野猫。那天晚上，他和我谈了些什么，完全忘记了。

听叔辈们说，他的水性还很好，会摸鱼，可惜我都没有亲眼见过。

刁叔年纪不大，就逝世了。那时我不在家，不知道他得的是什么病。在前一篇文章里，谈到他的死因，也不过是传言，不一定可信。我现在推测，他一定死于感情郁结。他好胜心强，长期打光棍，又不甘于偷鸡摸狗，钻洞跳墙。性格孤独，从不向人诉说苦闷。当时的农民，要改善自己的处境，也实在没有出路。这样就积成不治之症。

1986年8月15日

老 焕 叔

　　前几年，细读了沙汀同志所写，1938年秋季随
一二〇师到冀中的回忆录。内记：一天夜晚，师部住进
一个名叫辽城的小村庄（我的故乡）。何其芳同志去参
加了和村干部的会见，回来告诉他，村里出面讲话的，
是一个迷迷怔怔的人。我立刻想到，这个人一定是老
焕叔。

　　但老焕叔并不是村干部。当时的支部书记、农会
主任、村长，都是年轻农民，也没有一个人迷迷怔怔。
我想是因为，当时敌人已经占据安平县城，国民党的
部队，也在冀南一带活动，冀中局面复杂。当一二〇

师以正规部队的军容，进入村庄，服装、口音，和村民们日常见惯的土八路，又不一样。仓皇间，村干部不愿露面，又把老焕叔请了出来，支应一番。

老焕叔小名旦子，幼年随父亲（我们叫他胖胖爷），到山西做小买卖。后来在太原当了几年巡警和衙役。回到村里，游手好闲，和一个卖豆腐人家的女儿靠着，整天和村里的一些地主子弟浪当人喝酒赌博。他是第一个把麻将牌带进这个小村庄，并传播这种技艺的人。

读过了沙汀的回忆文章，我本来就想写写他，但总是想不起那个卖豆腐的人的名字。老家的年轻人来了，问他们，都说不知道。直到日前来了两位老年人，才弄清楚。

这个人叫新珠，号老体，是个邋邋遢遢的庄稼人。他的老婆，因为服装不整，人称"大裤腰"，说话很和气。他们只生一个女孩，名叫俊女儿。其实长得并不俊，很黑，身体很健壮。不知怎样，很早就和老焕叔靠上了，结婚以后，也不到婆家去，好像还生了一个男孩。老焕叔就长年住在她家，白天聚赌，抽些油头，补助她的家用。这种事，村民不以为怪，老焕婶是个顺从妇女，也不管他，靠着在上海学织布的孩子生活。

老焕叔的罗曼史，也就是这一些。

近读《求恕斋丛书》，唐晏所作《庚子西行记事》：乡野之民，不只怕贼，也怕官。听说官要来了，也会逃跑。我的村庄，地处偏僻，每逢兵荒马乱之时，总需要一个见过世面，能说会道的人，出来应付，老焕叔就是这种人选。

他长得高大魁梧，仪表堂堂。也并非真的迷迷怔怔，只是说话时，常常眯缝着眼睛，或是看着地下，有点大智若愚的样儿。

我长期在外，童年过后，就很少见到他了。进城以后，我回过一次老家，是在大病初愈之后，想去舒散一下身心。我坐在一辆旧吉普车上，途经保定，这是我上中学的地方；安国，是父亲经商，我上高级小学的地方。都算是旧地重游，但没有多走多看，也就没有引起什么感想。

下午到家。按照乡下规矩，我在村头下车，从村边小道，绕回叔父家去。吉普车从大街开进去。

村边有几个农民在打场，我和他们打招呼。其中一位年长的，问一同干活的年轻人：

"你们认识他吗？"

年轻人不答话。他就说：

"我认识他。"

当我走进村里，街上已经站满了人。大人孩子，熙熙攘攘，其盛况，虽说不上万人空巷，场面确是令人感动的。无怪古人对胜利后还乡，那么重视，虽贤者也不能免了。但我明白，自己并没有做官，穿的也不是锦绣。可能是村庄小，人们第一次看见吉普车，感到新鲜。过去回家时，并没有遇到过这样的场面。

走进叔父家，院里也满是人。老焕叔在叔父的陪同下，从屋里走了出来。他拄着一根棍子，满脸病容，大声喊叫我的小名，紧紧攥着我的手。人们都仰望着他，听他和我说话。

然后，我又把他扶进屋里，坐在那把唯一的木椅上。

我因为想到，自身有病，亲人亡逝，故园荒凉，心情并不好。他见我说话不多，坐了一会儿就走了。

他扶病来看我，一是长辈对幼辈的亲情，二是又遇到一次出头露面的机会。不久，他就故去了。他的

一生，虽说有些不务正业，却也没做过什么对不起乡
亲们的坏事。所以还是受到人们的尊重，是村里的一
个人物。

1987年10月5日

附记：

  如写村史，老焕叔自当有传。其主要事迹，
为从城市引进麻将牌一事。然此不足构成大过失，
即使农村无麻将，仍有宝盒及骨牌、纸牌也。本
村南头，有名曹老万者，幼年不耐农村贫苦，去
安国药店学徒。学徒不成，乃流为当地混混儿。
安国每年春冬，有药市庙会，商贾云集。老万初
在南关后街聚赌，以其悍鸷，被无赖辈奉为头目。
后又窝娼，并霸一河南女子回家，得一子。相传
妓女不孕，此女盖新从农村，被拐骗出来者。为
人勤劳爽快，颇安于室。附近有钱人家，生子恐
不育者，争相认为干娘。传说，小儿如认在此等
人名下，神鬼即不来追索。此女亦有求必应，不
以为忤。然老万中年以后，精神失常，四处狂走，

不能言语，只呵呵作声。向人乞讨。余读医书，
得知此病，乃因梅毒菌进入人脑所致。则曹氏从
城市引进梅毒，其于农村之污染，后果更不堪言
矣。

　　古人云：不耕之民，易与为非，难与为善。这
句话，还是可以思考的。

　　　　　　　　　　　　　　次日又记

第二辑　童年漫忆

父亲的记忆

　　父亲十六岁到安国县（原先叫祁州）学徒，是招赘在本村的一位姓吴的山西人介绍去的。这家店铺的字号叫永吉昌，东家是安国县北段村张姓。

　　店铺在城里石牌坊南。门前有一棵空心的老槐树。前院是柜房，后院是作坊——榨油和轧棉花。

　　我从十二岁到安国上学，就常常吃住在这里。每天掌灯以后，父亲坐在柜房的太师椅上，看着学徒们打算盘。管账的先生念着账本，人们跟着打，十来个算盘同时响，那声音是很整齐很清脆的。打了一通，学徒们报了结数，先生把数字记下来，说：去了。人们扫清算盘，又聚精会神地听着。

在这个时候，父亲总是坐在远离灯光的角落里，默默地抽着旱烟。

我后来听说，父亲也是先熬到先生这一席位，念了十几年账本，然后才当上了掌柜的。

夜晚，父亲睡在库房。那是放钱的地方，我很少进去，偶尔从撩起的门帘缝望进去，里面是很暗的。父亲就在这个地方，睡了廿几年，我是跟学徒们睡在一起的。

父亲是一九三七年，七七事变以后离开这家店铺的，那时兵荒马乱，东家也换了年轻一代人，不愿再经营这种传统的老式的买卖，要改营百货。父亲守旧，意见不合，等于是被辞退了。

父亲在那里，整整工作了四十年。每年回一次家，过一个正月十五。先是步行，后来骑驴，再后来是由叔父用牛车接送。我小的时候，常同父亲坐这个牛车。父亲很礼貌，总是在出城以后才上车，路过每个村庄，总是先下来，和街上的人打招呼，人们都称他为孙掌柜。

父亲好写字。那时学生意，一是练字，一是练算盘。

学徒三年，一般的字就写得很可以了。人家都说父亲的字写得好，连母亲也这样说。他到天津做买卖时，买了一些旧字帖和破对联，拿回家来叫我临摹，父亲也很爱字画，也有一些收藏，都是很平常的作品。

抗战胜利后，我回到家里，看到父亲的身体很衰弱。这些年闹日本，父亲带着一家人，东逃西奔，饭食也跟不上。父亲在店铺中吃惯了，在家过日子，舍不得吃些好的，进入老年，身体就不行了。见我回来了，父亲很高兴。有一天晚上，一家人坐在炕上闲话，我絮絮叨叨地说我在外面受了多少苦，担了多少惊。父亲忽然不高兴起来，说："在家里，也不容易！"回到自己屋里，妻抱怨说："你应该先说爹这些年不容易！"

那时农村实行合理负担，富裕人家要买公债，又遇上荒年，父亲不愿卖地，地是他的性命所在，不能从他手里卖去分毫。他先是动员家里人卖去首饰、衣服、家具，然后又步行到安国县老东家那里，求讨来一批钱，支持过去。他以为这样做很合理，对我详细地描述了他那时的心情和境遇，我只能默默地听着。

父亲是一九四六年五月去世的。春播时，他去耩楼，出了汗，回来就发烧，一病不起。立增叔到河间，把我叫回来。我到地委机关，请来一位医生，医术和药物都不好，没有什么效果。

父亲去世以后，我才感到有了家庭负担。我旧的观念很重，想给父亲立个碑，至少安个墓志。我和一位搞美术的同志，到店子头去看了一次石料，还求陈肇同志给撰写了一篇很简短的碑文。不久就土地改革了，一切无从谈起。

父亲对我很慈爱，从来没有打骂过我。到保定上学，是父亲送去的。他很希望我能成材，后来虽然有些失望，也只是存在心里，没有当面斥责过我。在我教书时，父亲对我说："你能每年交我一个长工钱，我就满足了。"我连这一点也没有做到。

父亲对给他介绍工作的姓吴的老头，一直很尊敬。那老头后来过得很不如人，每逢我们家做些像样的饭食，父亲总是把他请来，让在正座。老头总是一边吃，一边用山西口音说："我吃太多呀，我吃太多呀！"

1984年4月27日

上午寒流到来，夜雨泥浆。

母亲的记忆

母亲生了七个孩子，只养活了我一个。一年，农村闹瘟疫，一个月里，她死了三个孩子。爷爷对母亲说：

"心里想不开，人就会疯了。你出去和人们斗斗纸牌吧！"

后来，母亲就养成了春冬两闲和妇女们斗牌的习惯；并且常对家里人说：

"这是你爷爷吩咐下来的，你们不要管我。"

麦秋两季，母亲为地里的庄稼，像疯了似的劳动。她每天一听见鸡叫就到地里去，帮着收割、打场。每天很晚才回到家里来。她的身上都是土，头发上是柴草。蓝布衣裤汗湿得泛起一层白碱，她总是撩起褂子的大襟，抹去脸上的汗水。她的口号是："争秋夺麦！""养兵千日，用兵一时！"一家人谁也别想偷懒。

我生下来，就没有奶吃。母亲把馍馍晾干了，再粉碎煮成糊喂我。我多病，每逢病了，夜间，母亲总是放一碗清水在窗台上，祷告过往的神灵。母亲对人说："我这个孩子，是不会孝顺的，因为他是我烧香还愿，从庙里求来的。"

家境小康以后，母亲对于村中的孤苦饥寒，尽力周济，对于过往的人，凡有求于她，无不热心相帮。有两个远村的尼姑，每年麦秋收成后，总到我们家化缘。母亲除给她们很多粮食外，还常留她们食宿。我记得有一个年轻的尼姑，长得眉清目秀。冬天住在我家，她怀揣一个蝈蝈葫芦，夜里叫得很好听，我很想要。第二天清早，母亲告诉她，小尼姑就把蝈蝈送给我了。

抗日战争时，村庄附近，敌人安上了炮楼。一年春天，我从远处回来，不敢到家里去，绕到村边的场院小屋里。母亲听说了，高兴得不知给孩子什么好。家里有一棵月季，父亲养了一春天，刚开了一朵大花，她折下就给我送去了。父亲很心痛，母亲笑着说："我说为什么这朵花，早也不开，晚也不开，今天忽然开了呢，因为我的儿子回来，它要先给我报个信儿！"

一九五六年，我在天津，得了大病，要到外地去疗养。那时母亲已经八十多岁，当我走出屋来，她站在廊子里，对我说：

"别人病了往家里走，你怎么病了往外走呢！"

这是我同母亲的永诀。我在外养病期间，母亲去世了，享年八十四岁。

1982年12月

亡人逸事

一

　　旧式婚姻，过去叫做"天作之合"，是非常偶然的。据亡妻言，她十九岁那年，夏季一个下雨天，她父亲在临街的梢门洞里闲坐，从东面来了两个妇女，是说媒为业的，被雨淋湿了衣服。她父亲认识其中的一个，就让她们到梢门下避避雨再走，随便问道：

　　"给谁家说亲去来？"

　　"东头崔家。"

　　"给哪村说的？"

"东辽城。崔家的姑娘不大般配，恐怕成不了。"

"男方是怎么个人家？"

媒人简单介绍了一下，就笑着问：

"你家二姑娘怎样？不愿意寻吧？"

"怎么不愿意。你们就去给说说吧，我也打听打听。"她父亲回答得很爽快。

就这样，经过媒人来回跑了几趟，亲事竟然说成了。结婚以后，她跟我学认字，我们的洞房喜联横批，就是"天作之合"四个字。她点头笑着说：

"真不假，什么事都是天定的。假如不是下雨，我就到不了你家里来！"

二

虽然是封建婚姻，第一次见面却是在结婚之前。订婚后，她们村里唱大戏，我正好放假在家里。她们村有我的一个远房姑姑，特意来叫我去看戏，说是可以相相媳妇。开戏的那天，我去了，姑姑在戏台下等我。她拉着我的手，走到一条长板凳跟前。板凳上，并排站着三个大姑娘，都穿得花枝招展，留着大辫子。姑姑叫着我的名字，说：

"你就在这里看吧，散了戏，我来叫你家去吃饭。"

姑姑的话还没有说完，我看见站在板凳中间的那个姑娘，用力盯了我一眼，从板凳上跳下来，走到照棚外面，钻进了一辆轿车。那时姑娘们出来看戏，虽在本村，也是套车送到台下，然后再搬着带来的板凳，到照棚下面看戏的。

结婚以后，姑姑总是拿这件事和她开玩笑，她也总是说姑姑会出坏道儿。

她礼教观念很重。结婚已经好多年，有一次我路过她家，想叫她跟我一同回家去。她严肃地说：

"你明天叫车来接我吧，我不能这样跟着你走。"我只好一个人走了。

三

她在娘家，因为是小闺女，娇惯一些，从小只会做些针线活，没有下场下地劳动过。到了我们家，我母亲好下地劳动，尤其好打早起，麦秋两季，听见鸡叫，就叫起她来做饭。又没个钟表，有时饭做熟了，天还不亮。她颇以为苦。回到娘家，曾向她父亲哭诉。她父亲问：

"婆婆叫你早起，她也起来吗？"

"她比我起得更早。还说心痛我，让我多睡了会儿哩！"

"那你还哭什么呢？"

我母亲知道她没有力气，常对她说：

"人的力气是使出来的，要抻懒筋。"

有一天，母亲带她到场院去摘北瓜，摘了满满一大筐。母亲问她：

"试试，看你背得动吗？"

她弯下腰，挎好筐系猛一立，因为北瓜太重，把她弄了个后仰，沾了满身土，北瓜也滚了满地。她站起来哭了。母亲倒笑了，自己把北瓜一个个捡起来，背到家里去了。

我们那村庄，自古以来兴织布，她不会。后来孩子多了，穿衣困难，她就下决心学。从纺线到织布，都学会了。我从外面回来，看到她两个大拇指，都因为推机杼，顶得变了形，又粗、又短，指甲也短了。

后来，因为闹日本，家境越来越不好，我又不在家，她带着孩子们下场下地。到了集日，自己去卖线卖布。有时和大女儿轮换着背上二斗高粱，走三里路，到集上去粜卖。从来没有对我叫过苦。

几个孩子，也都是她在战争的年月里，一手拉扯成人长大的。农村少医药，我们十二岁的长子，竟以盲肠炎不治死亡。每逢孩子发烧，她总是整夜抱着，来回在炕上走。在她生前，我曾对孩子们说：

"我对你们，没负什么责任。母亲把你们弄大，可不容易，你们应该记着。"

四

一位老朋友、老邻居，近几年来，屡次建议我写写大嫂。因为他觉得她待我太好，帮助太大了。老朋友说：

"她在生活上，对你的照顾，自不待言。在文字工作上的帮助，我看也不小。可以看出，你曾多次借用她的形象，写进你的小说。至于语言，你自己承认，她是你的第二源泉。当然，她瞑目之时，冰连地结，人事皆非，言念必不及此，别人也不会作此要求。但目前情况不同，文章一事，除重大题材外，也允许记些私事。你年事已高，如果仓促有所不讳，你不觉得是个遗憾吗？"

我唯唯，但一直拖延着没有写。这是因为，虽然我们结婚很早，但正像古人常说的：相聚之日少，分离之日多；欢乐之时少，相对愁叹之时多耳。我们的青春，在战争年代中抛掷了。以后，家庭及我，又多遭变故，直至最后她的死亡。我衰年多病，实在不愿再去回顾这些。但目前也出现一些异象：过去，青春两地，一别数年，求一梦而不可得。今老年孤处，四壁生寒，却几乎每晚梦见她，想摆脱也做不到。按照迷信的说法，这可能是地下相会之期，已经不远了。因此，选择一些不太使人感伤的片断，记述如上。已散见于其他文字中者，不再重复。就是这样的文字，我也写不下去了。

我们结婚四十年，我有许多事情，对不起她，可以说她没有一件事情是对不起我的。在夫妻的情分上，我做得很差。正因为如此，她对我们之间的恩爱，记忆很深。我在北平当小职员时，曾经买过两丈花布，直接寄至她家。临终之前，她还向我提起这一件小事，问道：

"你那时为什么把布寄到我娘家去啊？"

我说：

"为的是叫你做衣服方便呀！"

她闭上眼睛，久病的脸上，展现了一丝幸福的笑容。

1982年2月12日晚

报纸的故事

　　一九三五年的春季，我失业家居。在外面读书看报惯了，忽然想订一份报纸看看。这在当时确实近于一种幻想，因为我的村庄，非常小又非常偏僻，文化教育也很落后。例如村里虽然有一所小学校，历来就没有想到订一份报纸。村公所就更谈不上了。而且，我想要订的还不是一种小报，是想要订一份大报，当时有名的《大公报》。这种报纸，我们的县城，是否有人订阅，我不敢断言，但我敢说，我们这个区，即子文镇上是没人订阅过的。

　　我在北京住过，在保定学习过，都是看的《大公报》。现在我失业了，住在一个小村庄，我还想看这份报纸。我认为这是一份严肃的报纸，是一些有学问的，有事业心的，有责任感的人，编辑的报纸。至于当时也是北方出版的报纸，例如《益世报》、《庸报》，都是不学无术的失意政客们办的，我是不屑一顾的。

我认为《大公报》上的文章好，它的社论是有名的，我在中学时，老师经常选来给我们当课文讲。通讯也好，有长江等人写的地方通讯，还有赵望云的风俗画。最吸引我的还是它的副刊，它有一个文艺副刊，是沈从文编辑的，经常登载青年作家的小说和散文。还有《小公园》，还有"艺术副刊"。

说实在的，我是想在失业之时，给《大公报》投投稿，而投了稿子去，又看不到报纸，这是使人苦恼的。因此，我异想天开地想订一份《大公报》。

我首先，把这个意图和我结婚不久的妻子说了说。以下是我们的对话实录：

"我想订份报纸。"

"订那个干什么？"

"我在家里闲着很闷，想看看报。"

"你去订吧。"

"我没有钱。"

"要多少钱？"

"订一月，要三块钱。"

"啊！"

"你能不能借给我三块钱？"

"你花钱应该向咱爹去要，我哪里来的钱？"

谈话就这样中断了。这很难说是愉快，还是不愉快，但是我不能再往下说了。因为我的自尊心，确实受了一点损伤。是啊，我失业在家里呆着，这证明书就是已经白念了。白念了，就安心在家里种地过日子吧，还要订报。特别是最后这一句："我哪里来的钱？"这对于作为男子汉大丈夫的我，确实是千钧之重的责难之词！

其实，我知道她还是有些钱的，作个最保守的估计，她可能有十五元钱。当然她这十五元钱，也是来之不易的，是在我们结婚的大喜之日，她的"拜钱"。每个长辈，赏给她一元钱，或者几毛钱，她都要拜三拜，叩三叩。你计算一下，十五元钱，她一共要起来跪下，跪下起来多少次啊。

她把这些钱，包在一个红布小包里，放在立柜顶上的陪嫁大箱里，箱子落了锁。每年春节闲暇的时候，她就取出来，在手里数一数，然后再包好放进去。

在妻子面前碰了钉子，我只好硬着头皮去向父亲要，父亲沉吟了一下说：

"订一份《小实报》不行吗？"

我对书籍、报章，欣赏的起点很高，向来是取法乎上的。《小实报》是北平出版的一种低级市民小报，属于我不屑一顾之类。我没有说话，就退出来了。

父亲还是爱子心切，晚上看见我，就说：

"愿意订就订一个月看看吧，集上多粜一斗麦子也就是了。长了可订不起。"

在镇上集日那天，父亲给了我三块钱，我转手交给邮政代办所，汇到天津去。同时还寄去两篇稿子。我原以为报纸也像取信一样，要走三里路来自取的，过了不久，居然有一个专人，骑着自行车来给我送报了，这三块钱花得真是气派。他每隔三天，就骑着车子，从县城来到这个小村，然后又通过弯弯曲曲的，两旁都是黄土围墙的小胡同，送到我家那个堆满柴草农具的小院，把报纸交到我的手里。上下打量我两眼，就转身骑上车走了。

我坐在柴草上，读着报纸。先读社论，然后是通讯、地方版、国际版、副刊，甚至广告、行情，都一字不漏地读过以后，才珍重地把报纸叠好，放到屋里去。

我的妻子，好像是因为没有借给我钱，有些过意不去，对于报纸一事，从来也不闻不问。只有一次，带着略有嘲弄的神情，问道：

"有了吗？"

"有了什么？"

"你写的那个。"

"还没有。"我说。其实我知道，她从心里是断定不会有的。

直到一个月的报纸看完，我的稿子也没有登出来，证实了她的想法。

这一年夏天雨水大，我们住的屋子，结婚时裱糊过的顶棚、壁纸，都脱落了。别人家，都是到集上去买旧报纸，重新糊一下。那时日本侵略中国，无微不至，他们的旧报，如《朝日新闻》、《读卖新闻》，都倾销到这偏僻的乡村来了。妻子和我商议，我们是不是也把屋子糊一下，就用我那些报纸，她说：

"你已经看过好多遍了，老看还有什么意思？这样我们就可以省下块数来钱，你订报的钱，也算没有白花。"

我听她讲的很有道理，我们就开始裱糊房屋了，因为这是我们的幸福的窝巢呀。妻刷糨糊我糊墙。我把报纸按日期排列起来，把有社论和副刊的一面，糊在外面，把广告部分糊在顶棚上。

这样，在天气晴朗，或是下雨刮风不能出门的日子里，我就可以脱去鞋子，上到炕上，或仰或卧，或立或坐，重新阅读我所喜爱的文章了。

1982年2月9日

童年漫忆

听说书

我的故乡的原始住户，据说是山西的移民。我幼小的时候，曾在去过山西的人家，见过那个移民旧址的照片，上面有一株老槐树，这就是我们祖先最早的住处。

我的家乡离山西省是很远的，但在我们那一条街上，就有好几户人家，以长年去山西做小生意，维持一家人的生活，而且一直传下好几辈。他们多是挑货郎担，春节也不回家，因为那正是生意兴隆的季节。

他们回到家来，我记得常常是在夏秋忙季。他们到家以后，就到地里干活，总是叫他们的女人，挨户送一些小玩意或是蚕豆给孩子们，所以我的印象很深。

其中有一个人，我叫他德胜大伯，那时他有四十岁上下。每年回来，如果是夏秋之间农活稍闲的时候，我们一条街上的人，吃过晚饭，坐在碾盘旁边去乘凉。一家大梢门两旁，有两个柳木门墩，德胜大伯常常被人们推请坐在一个门墩上面，给人们讲说评书，另一个门墩上，照例是坐一位年纪大辈数高的人，和他对称。我记得他在这里讲过《七侠五义》等故事。他讲得真好，就像一个专业艺人一样。

他并不识字，这我是记得很清楚的。他常年在外，他家的大娘，因为身材高，我们都叫她"大个儿大妈"。她每天挎着一个大柳条篮子，敲着小铜锣卖烧饼馃子。德胜大伯回来，有时帮她记记账。他把高粱的茎秆，截成笔帽那么长，用绳穿结起来，横挂在炕头的墙壁上，这就叫"账码"，谁赊多少谁还多少，他就站在炕上，用手推拨那些茎秆儿，很有些结绳而治的味道。

他对评书记得很清楚，讲得也很熟练，我想他也不是花钱到娱乐场所听来的。他在山西做生意，长年住在小旅店里，同住的人，干什么的都有，夜晚没事，也许就请会说评书的人，免费说两段，为长年旅行在外的人们消愁解闷。日子长了，他就记住了全部。

他可能也说过一些山西人的风俗习惯，因为我年岁小，对这些没兴趣，都忘记了。

德胜大伯在做小买卖途中，遇到瘟疫，死在外地的荒村小店里。他留下一个独生子叫铁锤。前几年，我回家乡，见到铁锤，一家人住在高爽的新房里，屋里陈设，在全村也是最讲究的。他心灵手巧，能做木工，并且能在玻璃片上画花鸟和山水，大受远近要结婚的青年农民的欢迎。他在公社担任会计，算法精通。

德胜大伯说的是评书，也叫平话，就是只凭演说，不加伴奏。在乡村，麦秋过后，还常有职业性的说书人，来到街头。其实，他们也多半是业余的，或是半职业性的。他们说唱完了以后，有的由经管人给他们敛些新打下的粮食；有的是自己兼做小买卖，比如卖针，在他说唱中间，由一个管事人，在妇女群中，给他卖完那一部分针就是了。这一种人，多是说快书，即不用弦子，只用鼓板。骑着一辆自行车，车后座作鼓架。他们不说整本，只说小段。卖完针，就又到别的村庄去了。

一年秋后，村里来了弟兄三个人，推着一车羊毛，说是会说书，兼有擀毡条的手艺。第一天晚上，就在街头说了起来，老大弹弦，老二说《呼家将》，真正的西河大鼓，韵调很好。村里一些老年的书迷，大为赞赏。第二天就去给他们张罗生意，挨家挨户去动员：擀毡条。

他们在村里住了三四个月，每天夜晚说《呼家将》。冬天天冷，就把书场移到一家茶馆的大房子里。有时老二回老家运羊毛，就由老三代说，但人们对他的评价不高，另外，他也不会说《呼家将》。

眼看就要过年了，呼延庆的擂还没打成。每天晚上预告，明天就可以打擂了，第二天晚上，书中又出了岔子，还是打不成。人们盼呀，盼呀，大人孩子都在盼。村里娶儿聘妇要擀毡条的主，也差不多都擀了，几个老书迷，还在四处动员：

"擀一条吧，冬天铺在炕上多暖和呀！再说，你不擀毡条，呼延庆也打不了擂呀！"

直到腊月二十老几，弟兄三个看着这村里实在也没有生意可做了，才结束了《呼家将》。他们这部长篇，如果整理出版，我想一定有两块大砖头那么厚吧。

第一个借给我《红楼梦》的人

　　我第一次读《红楼梦》，是十岁左右还在村里上小学的时候。我先在西头刘家，借到一部《封神演义》，读完了，又到东头刘家借了这部书。东西头刘家都是以屠宰为业，是一姓一家。刘姓在我们村里是仅次于我们姓的大户，其实也不过七八家，因为这是一个很小的村庄。

　　从我能记忆起，我们村里有书的人家，几乎没有。刘家能有一些书，是因为他们所经营的近似一种商业。农民读书的很少，更不愿花钱去买这些"闲书"。那时，我只能在庙会上看到书，书摊小贩支架上几块木板，摆上一些石印的，花纸或花布套的，字体非常细小，纸张非常粗黑的《三字经》、《玉匣记》，唱本、小说。这些书可以说是最普及的廉价本子，但要买一部小说，恐怕也要花费一两天的食用之需。因此，我的家境虽然富裕一些，也不能随便购买。我那时上学念的课本，有的还是母亲求人抄写的。

　　东头刘家有兄弟四人，三个在少年时期就被生活所迫，下了关东。其中老二一直没有回过家，生死存亡不知。老三回过一次家，还是不能生活，只在家过了一个年，就又走了。听说他在关东，从事的是一种非常危险的勾当。

家里只留下老大，他娶了一房童养媳妇，算是成了家。他的女人，个儿不高，但长得颇为端正俊俏，又喜欢说笑，人缘很好，家里长年设着一个小牌局，抽些油头，补助家用。男的还是从事屠宰，但已经买不起大牲口，只能剥个山羊什么的。

老四在将近中年时，从关东回来了，但什么也没有带回来。这人长得高高的个子，穿着黑布长衫，走起路来，"蛇摇担晃"。他这种走路的姿势，常常引起家长们对孩子的告诫，说这种走法没有根柢，所以他会吃不上饭。

他叫四喜，论乡亲辈，我叫他四喜叔。我对他的印象很好。他从东头到西头，扬长地走在大街上，说句笑话儿，惹得他那些嫂子辈的人，骂他"贼兔子"，他就越发高兴起来。他对孩子们尤其和气。有时，坐在他家那旷荡的院子里，拉着板胡，唱一段清扬悦耳的梆子，我们听起来很是入迷。他知道我好看书，就把他的一部《金玉缘》借给了我。

哥哥嫂子，当然对他并不欢迎，在家里，他已经无事可为，每逢集市，他就挟上他那把锋利明亮的切肉刀，去帮人家卖肉。他站在肉车子旁边，那把刀，在他手中熟练而敏捷地摇动着，那煮熟的牛肉、马肉或是驴肉，切出来是那样薄，就像木匠手下的刨花一样，飞起来并且有规律地落在那圆形的厚而又大的肉案边缘。这样，他在给顾客装进烧饼的时候，既出色又非常方便。他是远近知名的"飞刀刘四"。现在是英雄落魄，暂时又有用武之地。在他从事这种工作的时候，你可以看到，他高大的身材，在一层层顾客的包围下，顾盼神飞，谈笑自若。可以想到，如果一个人，能永远在这样一种状态中存在，岂不是很有意义，也很光荣？

等到集市散了，天也渐渐晚了，主人请他到饭铺吃一顿饱饭，还喝了一些酒。他就又挟着他那把刀回家去。集市离我们村只有三里路。在路上，他有些醉了，走起来，摇晃得更厉害了。

对面来了一辆自行车。他忽然对着人家喊：

"下来！"

"下来干什么？"骑自行车的人，认得他。

"把车子给我！"

"给你干什么？"

"不给，我砍了你！"他把刀一扬。

骑车子的人回头就走，绕了一个圈子，到集市上的派出所报了案。

他若无其事地回到家里，也许把路上的事忘记了。当晚睡得很香甜。第二天早晨，就被捉到县城里去。

那时正是冬季，农村很动乱，每天夜里，绑票的枪声，就像大年五更的鞭炮。专员正责成县长加强治安，县长不分青红皂白，就把他枪毙，作为成绩向上级报告了。他家里的人没有去营救，也不去收尸。一个人就这样完结了。

他那部《金玉缘》，当然也就没有了下落。看起来，是生活决定着他的命运，而不是书。而在我的童年时代，是和小小的书本同时，痛苦地看到了严酷的生活本身。

1978年春天

吃菜根

人在幼年，吃惯了什么东西，到老年，还是喜欢吃。这也是一种习性。

我在幼年，是吃五谷杂粮长大的，是吃蔬菜和野菜长大的。如果说，到了现在，身居高楼，地处繁华，还不忘糠皮野菜，那有些近于矫揉造作；但有些故乡的食物，还是常常想念的，其中包括"甜疙瘩"。

甜疙瘩是油菜的根部，黄白色，比手指粗一些，肉质松软，切断，放在粥里煮，有甜味，也有一些苦味，北方农民喜食之。

蔓菁的根部，家乡也叫"甜疙瘩"。两种容易相混，其食用价值是一样的。

母亲很喜欢吃甜疙瘩，我自幼吃的机会就多了。实际上，农民是把它当做粮食看待，并非佐食材料。妻子也喜欢吃，我们到了天津，她还在菜市买过蔓菁疙瘩。

我不知道，当今的菜市，是否还有这种食物，但新的一代青年，以及他们的孩子，肯定不知其为何物，也不喜欢吃它的。所以我偶然得到一点，总是留着自己享用，绝不叫他们尝尝的。

古人常用嚼菜根，教育后代，以为菜根不只是根本，而且也是一种学问。甜味中略带一种清苦味，其妙无穷，可以著作一本"味根录"。其作用，有些近似忆苦思甜，但又不完全一样。

事实是：有的人后来做了大官，从前曾经吃过苦菜。但更多的人，吃了更多的苦菜，还是终身受苦。叫吃巧克力奶粉长大的子弟"味根"，子弟也不一定能领悟其道；能领悟其道的，也不一定就能终身吃巧克力和奶粉。

我的家乡，有一种地方戏叫"老调"，也叫"丝弦"。其中有一出折子戏叫《教学》。演的是一个教私塾的老先生，天寒失业，沿街叫卖，不停地吆喝："教书！""教书！"最后，抵挡不住饥肠辘辘，跑到野地里去偷挖人家的蔓菁。

这可能是得意的文人，写剧本奚落失意的文人。在作者看来，这真是斯文扫地了，必然是一种"失落"。因为在集市上，人们只听见过卖包子，卖馒头的吆喝声，从来没有听见过卖"教书"的吆喝声。

其实，这也是一种没有更新的观念，拿到商业机制中观察，就会成为宏观的走向。

今年冬季，饶阳李君，送了我一包油菜甜疙瘩，用山西卫君所赠棒子面煮之，真是余味无穷。这两种食品，用传统方法种植，都没有使用化肥，味道纯正，实是难得的。

1989年1月9日试笔

拉洋片

劳动、休息、娱乐，构成了生活的整体。人总是要求有点娱乐的。

我幼年的时候，每逢庙会，喜欢看拉洋片。艺人支架起一个用蓝布围绕的镜箱，留几个眼孔，放一条板凳，招揽观众。他自己站在高凳上，手打锣鼓，口唱影片的内容情节，给观众助兴。同时上下拉动着影片。

也就是五六张画片，都是彩画，无非是一些戏曲故事，有一张惊险一些，例如人头落地之类。最后一张是色情的，我记得题目叫《大闹瓜园》。

每逢演到这一张的时候，艺人总是眉飞色舞，唱词也特别朦胧神秘，到了热闹中间，他喊一声："上眼！"然后在上面狠狠盖上一块木板，影箱内顿时漆黑，什么也看不见了。

他下来——收钱，并做鬼脸对我们说：

"怎么样小兄弟，好看吧？"

这种玩意，是中国固有，可能在南宋时就有了。

以后，有了新的洋片。这已经不是拉，而是推。影架有一面影壁墙那么大，有两个艺人，各站一头，一个人把一张张的照片推过去，那一个人接住，放在下一格里推回。镜眼增多了，可容十个观众。

他们也唱，但没有锣鼓。照片的内容，都是现实的，例如天津卫的时装美人，杭州的风景等等。

可惜我没有坐下来看过，只看见过展露的部分。

后来我在北平，还在天桥拉洋片的摊前停留，差一点叫小偷把钱包掏去。

其实，称得起洋字的，只是后一种。不只它用的照片，与洋字有关，照片的内容，也多见于十里洋场的大城市。它更能吸引观众，敲锣打鼓的那一种，确是相形见绌了。

有了电影以后，洋片也就没有生意了。

　　影视二字，包罗万象，妙不可言。如果说是窗口，则窗口越大，看得越远，越新奇越好。

　　有一个村镇，村民这些年收破烂，炼铝锭、铜锭，发了大财，盖起新房，修了马路，立集市，建庙会，请了两台大戏来演唱，热闹非凡。一天夜里，一个外地人，带了一台放像机来，要放录像。消息传开，戏台下的青年人，一哄而散，都看录像去了。台下只剩几个老头老婆，台上只好停演。

　　一部不声不响进村的录像，立刻夺走了两台紧锣密鼓的大戏，就因为它是外来的，新奇的，神秘的。

　　我想，那几个老头老婆，如果不是观念还没有更新，碍于情面，一定也跟着去开眼了。

　　理论界从此再也不争论，现代派和民族派，究竟谁能战胜谁的问题了。

1989年1月10日

记春节

　　如果说我也有欢乐的时候，那就是童年。而童年最欢乐的时候，则莫过于春节。

春节从贴对联开始。我家地处偏僻农村，贴对联的人家很少。父亲在安国县做生意，商家讲究对联，每逢年前写对联时，父亲就请写好字的同事，多写几副，捎回家中。

贴对联的任务，是由叔父和我完成。叔父不识字，一切杂活：打糨糊、扫门板、刷贴，都由他做。我只是看看父亲已经在背面注明的"上、下"两个字，告诉叔父，他按照经验，就知道分左右贴好，没有发生过错误。我记得每年都有的一副是：荆树有花兄弟乐，砚田无税子孙耕。这是父亲认为合乎我家情况的。

以后就是竖天灯。天灯，村里也很少人家有。据说，我家竖天灯，是为父亲许的愿。是一棵大杉木，上面有一个三角架，插着柏树枝，架上有一个小木轮，系着长绳。竖起以后，用绳子把一个纸灯笼拉上去。天灯就竖在北屋台阶旁，村外很远的地方，也可以望见。母亲说：这样行人就不迷路了。

再其次就是搭神棚。神棚搭在天灯旁边，是用一领荻箔。里面放一张六人桌，桌上摆着五供和香炉，供的是全神，即所谓天地三界万方真宰。神像中有一位千手千眼佛，幼年对她最感兴趣。人世间，三只眼、三只手，已属可怕而难斗。她竟有如此之多的手和眼，可以说是无所不见，无所不可捞取，能量之大，实在令人羡慕不已。我常常站在神棚前面，向她注视，这样的女神，太可怕了。

五更时，母亲先起来，把人们叫醒，都跪在神棚前面。院子里撒满芝麻秸，踩在上面，巴巴作响，是一种吉利。由叔父捧疏，疏是用黄表纸，叠成一个塔形，其中装着表文，从上端点着。母亲在一旁高声说："保佑全家平安。"然后又大声喊："收一收！"这时那燃烧着的疏，就一收缩，噗的响一声。"再收一收！"疏可能就再响一声。响到三声，就大吉大利。这本是火和冷空气的自然作用，但当时感到庄严极了，神秘极了。

最后是叔父和我放鞭炮。我放的有小鞭，灯炮，蛰子鼓。春节的欢乐，达到高潮。

这就是童年的春节欢乐。年岁越大，欢乐越少。二十五岁以后，是八年抗日战争的春节，枪炮声代替了鞭炮声。再以后是三年解放战争、土地改革的春节。以后又有"文化大革命"隔离的春节，放逐的春节，牛棚里的春节等等。

前几年，每逢春节，我还买一挂小鞭炮，叫孙儿或外孙儿，拿到院里放放，我在屋里听听。自迁入楼房，连这一点高兴，也没有了。每年春节，我不只感到饭菜、水果的味道，不似童年，连鞭炮的声音也不像童年可爱了。

今年春节，三十晚上，我八点钟就躺下了。十二点前后，鞭炮声大作，醒了一阵。欢情已尽，生意全消，确实应该振作一下了。

1990年2月2日上午

鸡　叫

在这个大杂院里，总是有人养鸡。我可以设想：在我们进城以前，建筑这座宅院的主人吴鼎昌，不会想到养鸡；日本占领时期，驻在这里的特务机关，也不会想到养鸡。

其实，我们接收时，也没有想到养鸡。那时院里的亭台楼阁，山石花木，都保留得很好，每天清晨，传达室的老头，还认真地打扫。

养鸡，我记得是"大跃进"以后的事，那时机关已经不在这里办公，迁往新建的大楼，这里相应地改成了"十三级以上"的干部宿舍。这个特殊规定，只是维持了很短的时间，就被打破了，家数越住越多，人也越来越杂。

但开始养鸡的时候，人家还是不多的，确是一些"负责同志"。这些负责同志，都是来自农村，他们的家属，带来一套农村生活的习惯，养鸡当然是其中的一种。不过，当年养起鸡来，并非习惯使然，而是经济使然。"大跃进"，使一个鸡蛋涨价到一元人民币，人们都有些浮肿，需要营养，主妇们就想：养只母鸡，下个蛋吧！

我们家，那时也养鸡，没有喂的，冬天给它们剁白菜帮，春天就给它们煮蒜瓣——这是我那老伴的发明。

总之，养鸡在那一定的历史条件下，是权宜之计。不过终于流传下来了，欲禁不能。就像院里那些煤池子和各式各样的随便搭盖的小屋一样。

过去，每逢"五一"或是"十一"，就会有街道上的人，来禁止养鸡。有一次还很坚决，第一天来通知，有些人家还迟迟不动；第二天就带了刀来，当场宰掉，把死鸡扔在台阶上。这种果断的禁鸡方式，我也只见过这一回。

有鸡就有鸡叫。我现在老了，一个人睡在屋子里，又好失眠，夜里常常听到后边邻居家的鸡叫。人家的鸡养在什么地方，是什么毛色，我都没有留心过，但听这声音，是很熟悉的，很动人的。说白了，我很爱听鸡叫，尤其是夜间的鸡叫。我以为，在这昼夜喧嚣，人海如潮的大城市，能听到这种富有天籁情趣的声音，是难得的享受。

美中不足的是：这里的鸡叫，没有什么准头。这可能是灯光和噪音干扰了它。鸡是司晨的，晨鸡三唱。这三唱的顺序，应是下一点，下三点，下五点。鸡叫三遍，人们就该起床了。

我十二岁的时候，就在外地求学。每逢假期已满，学校开课之日，母亲总是听着窗外的鸡叫。鸡叫头遍，她就起来给我做饭，鸡叫二遍再把我叫醒。待我长大结婚以后，在外地教书做事，她就把这个差事，交给了我的妻子。一直到我长期离开家乡，参加革命。

乡谚云：不图利名，不打早起。我在农村听到的鸡叫，是伴着晨星，伴着寒露，伴着严霜的。伴着父母妻子对我的期望，伴着我自身青春的奋发。

现在听到的鸡叫，只是唤起我对童年的回忆，对逝去的时光和亲人的思念。

　　彩云流散了，留在记忆里的，仍是彩云。莺歌远去了，留在耳边的还是莺歌。

1987年4月5日清明节

菜　花

　　每年春天，去年冬季贮存下来的大白菜，都近于干枯了，做饭时，常常只用上面的一些嫩叶，根部一大块就放置在那里。一过清明节，有些菜头就会鼓胀起来，俗话叫做"菜怀胎"。慢慢把菜帮剥掉，里面就露出一株连在菜根上的嫩黄菜花，顶上已经布满像一堆小米粒的花蕊。把根部铲平，放在水盆里，安置在书案上，是我书房中的一种开春景观。

　　菜花，亭亭玉立，明丽自然，淡雅清净。它没有香味，因此也就没有什么异味。色彩单调，因此也就没有斑驳。平常得很，就是这种黄色。但普天之下，除去菜花，再也见不到这种黄色了。

今年春天，因为忙于搬家，整理书籍，没有闲情栽种一株白菜花。去年冬季，小外孙给我抱来了一个大旱萝卜，家乡叫做灯笼红。鲜红可爱，本来想把它雕刻成花篮，撒上小麦种，贮水倒挂，像童年时常做的那样。也因为杂事缠身，胡乱把它埋在一个花盆里了。一开春，它竟一枝独秀，拔出很高的茎子，开了很多的花，还招来不少蜜蜂儿。

这也是一种菜花。它的花，白中略带一点紫色，给人一种清冷的感觉。它的根茎俱在，营养不缺，适于放在院中。正当花开得繁盛之时，被邻家的小孩，揪得七零八落。花的神韵，人的欣赏之情，差不多完全丧失了。

今年春天风大，清明前后，接连几天，刮得天昏地暗，厨房里的光线，尤其不好。有一天，天晴朗了，我发现桌案下面，堆放着蔬菜的地方，有一株白菜花。它不是从菜心那里长出，而是从横放的菜根部长出，像一根老木头长出的直立的新枝。有些花蕾已经开放，耀眼的光明。我高兴极了，把菜帮菜根修了修，放在水盂里。

我的案头，又有一株菜花了。这是天赐之物。

家乡有句歌谣：十里菜花香。在童年，我见到的菜花，不是一株两株，也不是一亩二亩，是一望无边的。春阳照拂，春风吹动，蜂群轰鸣，一片金黄。那不是白菜花，是油菜花。花色同白菜花是一样的。

一九四六年春天，我从延安回到家乡。经过八年抗日战争，父亲已经很见衰老。见我回来了，他当然很高兴，但也很少和我交谈。有一天，他从地里回来，忽然给我说了一句待对的联语："丁香花，百头，千头，万头。"他说完了，也没有叫我去对，只是笑了笑。父亲做了一辈子生意，晚年退休在家，战事期间，照顾一家大小，艰险备尝。对于自己一生挣来的家产，爱护备至，一点也不愿意耗损。那天，是看见地里的油菜长得好，心里高兴，才对我讲起对联的。我没有想到这些，对这副对联，如何对法，也没有兴趣，就只是听着，没有说什么。当时是应该趁老人高兴，和他多谈几句的。没等油菜结籽，父亲就因为劳动后受寒，得病逝世了。临终，告诉我，把一处闲宅院卖给叔父家，好办理丧事。

现在，我已衰暮，久居城市，故园如梦。面对一株菜花，忽然想起很多往事。往事又像菜花的色味，淡远虚无，不可捉摸，只能引起惆怅。

人的一生，无疑是个大题目。有不少人，竭尽全力，想把它撰写成一篇宏伟的文章。我只能把它写成一篇小文章，一篇像案头菜花一样的散文。菜花也是生命，凡是生命，都可以成为文章的题目。

1988 年 5 月 2 日灯下写讫

我中学时课外阅读的情况

从一九二六年起，我在保定育德中学读书六年（初中四年，高中二年）。回忆在那一时期的课外阅读，印象较深的，有以下几个方面：

一、读报纸：每天下午课毕，我到阅览室读报。所读报纸，主要为天津的《大公报》和上海的《申报》，也读天津《益世报》和北平的《世界日报》，主要是看副刊。《大公报》副刊有《文艺》，《申报》有《自由谈》，前者多登创作，沈从文主编。后者多登杂文，黎烈文主编。当时以鲁迅作品为主。

二、读杂志：当时所读杂志有《小说月报》、《现

代》、《北斗》、《文学月报》等，为文艺刊物，多左翼作
家作品。《东方杂志》、《新中华》杂志、《读书杂志》、《中
学生》杂志等，为综合杂志。当时《读书杂志》正讨论
中国社会史问题，我很有兴趣。也读《申报月刊》和《国
闻周报》（《大公报》出版）。

三、读社会科学：读了《政治经济学批判》、《费尔
巴赫论》、《唯物论与经验批判论》等经典著作，以及当
时翻译过来的苏联及日本学者所著经济学教程。如布
哈林和河上肇等人的著作。

四、读自然科学：读《科学概论》、《生物学精义》，
还读了一本通俗的人类发展史，书名叫《两条腿》，北
新书局出版。

五、读旧书：读《四书集注》，庄子、孟子选本，
楚辞、宋词选本。以及近代人著文言小说如《浮生六
记》、《断鸿零雁记》等。

六、读文化史：先读赵景深《中国文学小史》、王
冶秋《新文学小史》（载于《育德月刊》）、杨东莼《中国
文化史》、胡适《白话文学史》、冯友兰《中国哲学史》。
《欧洲文艺思潮》、《欧洲文学史》，日人盐谷温、青木
正儿等人的有关中国文学著作。

七、读小说散文：《独秀文存》、《胡适文存》，鲁迅、周作人等译作，冰心、朱自清、老舍、废名作品，英法小说、泰戈尔作品。后来即专读左翼作家及苏联作家小说。

八、读文艺理论：读《文学概论》及当时文坛论战的文章，如鲁迅与创造社一些人的论战，后来的《文艺自由论辩》，及中外人写的唯物史观艺术论著。日本厨川白村、藏原惟人、秋田雨雀的著作，柯根《伟大的十年间文学》等。

九、读文字语言学：陈望道《修辞学发凡》、杨树达《词诠》、穆勒《名学纲要》，即逻辑学。

十、读人生观、宇宙观方面的书：记有吴稚晖、梁漱溟著作，忘记书名。

以上所记，主要是课外读物，多由教师介绍指导。中学生既无力多买书，也不大知道应该买哪些书，所以应该利用学校中的图书馆，并请教师指导。向同学师长借阅书籍，要按期归还，保持清洁。

1983年10月4日

《青春遗响》序

　　这里的青春，指的是我的青春；其遗响，自然也是我的遗响。

　　每一个时代，它的知识分子群，总是有它的特定的温床和苗圃，以及它成长以后，供它驰骋的天地。"五四"时代，知识分子的温床，是没落的腐败透顶的清王朝，以及乘虚而入的各帝国主义者。在这种温床上，知识分子先天接受的是反封建统治和反帝国主义侵略的使命。这个使命，包括对人民群众的启蒙运动，即开阔他们的思想，扩大他们的知识，提高他们的文化。"五四"时代的知识分子，奋勇地、出色地完成了他们那一代的使命。但使命并没有终结，它延续到了下一代，即我们这一代。

抗日战争，实际是这一使命的继续。全国的进步知识分子，如醉如狂地参加了斗争的行列。他们无愧于时代，也出色地完成了它赋予的使命。

我，并非先知先觉，是在民族大义的感召之下，以病弱之躯，参加在这一伟大行列之中。我们做的工作，除去抗击侵略者，就其基本性质而言，仍不外是反封建的启蒙运动。

近几年来，常常有热心的青年同志，从抗日战争或解放战争时期的报刊上，给我抄录一些旧作寄来。这本集子的首次两篇，是北京师范大学一分校中文系傅桂禄抄录的。第三、第四两篇，是北京部队刘绳抄录的。其余各篇，是对我的旧作一贯热心收集的冉淮舟抄录的。《〈鲁迅·鲁迅的故事〉后记》一篇，是过去存下的。这本小册子，是一九四一年在晋察冀边区印刷的，字迹漫漶已甚，我几次想整理修改，都知难而退，因之不能再版。现存录此篇，是为的说明当时所做的这件事，也是启蒙之一种。

　　和《冬天，战斗的外围》同时抄来的，还有一篇题为《活跃在火线上的民兵》的通讯。这两篇通讯，接连在《晋察冀日报》上发表，都署着我和曼晴同志的名字。经我辨认，前一篇是我写的，没有疑问。而后一篇，则像是曼晴所作。我当时的文字、文风，很不规则，措词也多欧化生硬；而曼晴同志的文笔文法，则整饬得多。当时我们两人，共同活动，又羡慕"集体创作"这个名儿，所以这样发表的。现在编辑成集，不能滥入他人之作，我把后一篇寄曼晴同志保存了。为了纪念我们过去的战斗友谊，还是要在这里提一下。

　　关于晋察冀边区乡村文艺的两篇，是调查报告。当时好像是组织了一个调查团，有边区几个大的文艺团体负责人参加，我是跟随沙可夫同志去的。我随见随记，"抢先"把它发表了，当时还引起一些人的非议。但此行以后，并无正式的调查报告。现在保存下来这点材料，对了解战争时期边区的文艺活动，还是有些用处的。

　　关于《平原杂志》上的文章，因为我过去提到过，这里就不多说了。

启蒙工作，在中国历史上，可以说是代代有先驱，有众多的仁人志士，成绩都载于史册。这一工作，也是断断续续的，甚至可以说是不绝如缕的。因为真正的启蒙，只有依靠政治之力，单凭知识分子，是做不出多大的事业来的。而政治则是多变的，反复的。在历史上，新兴的政治势力，都重视群众的启蒙工作；一旦得到政权，则又常常变启蒙主义为蒙蔽主义，以致群众长期处于愚昧状态。"四人帮"之所为，可以说是历史上最突出的一次。

我当时所做的，当然是微不足道的，甚至是不值一提的。如果不是有人把这些文字抄来，我也把它们忘记了，别人也不会想起它。因为重读了一遍，才引起一些感想。

那时从事这些工作，生活和工作条件，是非常艰苦的。在战争时期，我一直在文化团体工作。众所周知，那时最苦的是文化团体。有的人，在经常活动的地区，找个富裕的农家，认个干娘，生活上就会有些接济。如果再有一个干妹妹，精神上还会有些寄托。我是一个在生活上没有办法的人，一直处在吃不饱穿不暖的状态中。一九四六年冬季，我在饶阳县一个农村编《平原杂志》。有一天，我的叔父有事找我去，见我一个人正蹲在炕沿下，烤秫秸火取暖，活像一个叫花子，就饱含着眼泪转身走了。

在战争的十几年里，我一直是步行。我很好单身步行。特别是在山地，一个人唱唱喝喝地走着，要走就走，要停就停，有山果便吃，有泉水便喝，有溪流便洗澡，是可以自得其乐的。列队行军，就没有那么自由自在了。那次调查乡村文艺，我和一位剧团团长同行，他是从平原来的，山地道路不熟，叫我引路。我们沿着沙滩，整整走了一天，天已经晚了，都有些疲乏，急于要找到宿营地。他骑在马上打瞌睡，我背着被包，聚精会神地走在马头前面看路，不巧，钻错了一个山沟，又退回来，他竟对我发起脾气。那里的山沟，像树的枝杈，东一道西一道，是很不好辨认的。田间同志，就是以常常钻错山沟出名的。我也遇到过通情达理的骑马人。有一个从延安下来的记者，我们在冀中一同工作时，他有一匹马。每次行军，他不只叫我把被包放在马上，还和我轮流乘骑。他知道同行人的清苦。

直到一九四七年，冀中文协成立，公家才给我从一个小贩那里，买了一辆自行车。虽然是一辆光屁股破车，我视如珍宝，爱护有加，骑了二三年，进城以后才上交。

皇天后土，我们那时不是为了追求衣食，也不是为了追求荣华富贵才工作的。

对这些文章，现在没有加任何修改。它使我回顾了一下我的青春。那是艰难困苦的青春，风雨跋涉的青春，但也是曾经有所作为，激励奋发的青春。这些文章，就是它的遗响。

1982年12月4日清晨

牲口的故事

　　在我童年的记忆里，我们这个小小的村庄，饲养大牲口 —— 即骡马的人家很少。除去西头有一家地主，其实也是所谓经营地主，喂着一骡一马外，就只有北头的一家油坊，喂着四五头大牲口，挂着两辆长套大车，作运输油和原料的工具。他家的大车，总是在人们还没有起床的时候，就从村里摇旗呐喊地出发，而直到天黑以后，才从远远的地方赶回来，人喊马嘶的声音，送到每家每户正在灯下吃晚饭的人们耳中，人们心里都要说一句：

　　"油坊的车回来了！"

当我在村中念小学的时候，有几年的时间，我们家也挂了一辆大车，买了一骡一马，农闲时，由叔父赶着去作运输。这时我们家已经上升为中农。但不久父亲就叫把骡马卖了，因为兵荒马乱，这种牲口是最容易惹事的。从此，我们家总是养一头大黄牛，有时再喂一头驴，这是为的接送在外面做生意的父亲。

我小的时候，父亲或叔父，常常把我放在驴背的前面，一同乘骑。我记得有一头大叫驴，夏天叔父牵着它过滹沱河，被船夫们哄骗，叫驴凫水，结果淹死了，一家人很难过了些日子。

后来，接送我父亲，就常常借用街上当牲口经纪的四海的小毛驴。他这头小毛驴，比大山羊高不了多少，但装饰得很漂亮，一串挂红缨的铜铃，鞍鞯齐备。那时，当牲口经纪的都养一头这样的小毛驴。每逢集日，清早骑着上市，事情完后，酒足饭饱，已是黄昏，一个个偏骑在小驴背上，扬鞭赶路，那种目空一切的神气，就是凯旋的将军，也难以比得的。

后来我到了山地，才知道，这种小毛驴，虽然谈不上名贵，用途却是很多的。它们能驮山果、木材、柴草，能往山上送粪，能往山下运粮，能走亲访友，能迎婚送嫁。它们负着比它身体还重的货载，在上山时，步步留神，在下山时，兢兢业业，不声不响，直到完成任务为止。

抗日战争时期，在军旅运输上，小毛驴也帮了我们不少忙。那时的交通站上，除去小孩子，就是小毛驴用处最大，也最活跃。战争后期，我们从延安出发去华北，我当了很长时间的毛驴队长。骑毛驴的都是身体不好的女同志。一天夜晚，偷越同蒲路，因为一位女同志下驴到高粱地去小便，以致与前队失了联络，铁路没有过成，又退回来。第二天夜里再过，我宣布：凡是女同志小便，不准远离队列，即在驴边解手。解毕，由牵驴人立即抱之上驴，在驴背上再系腰带。由于我这一发明，此夜得以胜利通过敌人的封锁线，直到现在，想起来，还觉得有些得意。

平分土地的同时，地主家的骡马，富农家的大黄牛，被贫农团牵走，贫农一家喂不起，几家合喂，没人负责，牲口糟蹋了不少。成立了互助组，小驴小牛时兴一阵。成立了合作社，骡马又有了用武之地。以后农村虽然有了铁牛，牲畜的用途还是很多，但喂养都不够细心，使用也不够爱惜。牲口饿跑了、被盗了的情况，时常发生。有一年我回到故乡，正值春耕之时，平原景色如故，遍地牛马，忽然见到一匹骆驼耕地。骆驼这东西，在我们这一带原很少见，是庙会上，手摇串铃的蒙古大夫牵着的玩意。以它形状新奇，很能招揽观众。现在突然出现在平原上，高峰长颈，昂视阔步，像一座游动的小山，显得很不协调。我问乡亲们是怎么回事，有人告诉我：不知从哪里跑来这么一匹饿坏了的骆驼，一直跑到大队的牲口棚，伸脖子就吃草，把棚子里的一匹大骡子吓惊了断缰蹿出，直到现在还没找回来。一匹骡子换了一匹骆驼，真不上算。大队试试它能拉犁不，还行！

很有些年，小毛驴的命运，甚是不佳。据说，有人从山西来，骑着一头小毛驴，到了平原，把缰绳一丢，就不再要它，随它去了。其不值钱，可想而知。

但从农村实行责任制以后，小毛驴的身价顿增，何止百倍？牛的命运也很好了。

呜呼，万物兴衰相承，显晦有时，乃不易之理，而其命运，又无不与政治、政策相关也。

1983年1月22日

夜晚的故事

　　我幼年就知道，社会上除去士农工商、帝王将相以外，还有所谓盗贼。盗贼中的轻微者，谓之小偷。

　　我们的村庄很小，只有百来户人家。当然也有穷有富，每年冬季，村里总是雇一名打更的，由富户出一些粮食作为报酬。我记得根雨叔和西头红脸小记，专门承担这种任务。每逢夜深，更夫左手拿一个长柄的大木梆子，右手拿一根木棒，梆梆地敲着，在大街巡逻。平静的时候，他们的梆点，只是一下一下，像钟摆似的；如果他们发现什么可疑的情况，梆点就变得急促繁乱起来。

母亲一听到这种杂乱的梆点，就机警地坐起来，披上衣服，静静地听着。其实并没有发生什么事情，过了一会儿，梆点又规律了，母亲就又吹灯睡下了。

根雨叔打更，对我家尤其有个关照。我家住在很深的一条小胡同底上，他每次转到这一带，总是一直打到我家门前，如果有什么紧急情况，他还会用力敲打几下，叫母亲经心。

我在村里生活了那么多年，并没有发生过什么盗案，偷鸡摸狗的小事，地边道沿丢些庄稼，当然免不了。大的抢劫案件，整个县里我也只是听说发生过一次。县政府每年处决犯人，也只是很少的几个人。

这并不是说，那个时候，就是什么太平盛世。我只是觉得那时农村的民风淳朴，多数人有恒产恒心，男女老幼都知道人生的本分，知道犯法的可耻。

后来我读了一些小说，听了一些评书，看了一些戏，又知道盗贼之中也有所谓英雄，也重什么义气，有人并因此当了将帅，当了帝王。觉得其中也有很多可以同情的地方，有很多耸人听闻的罗曼史。

我一直是个穷书生，对财物看得也很重，一生之中，并没有失过几次盗。青年时在北平流浪，失业无聊，有一天在天桥游逛，停在一处放西洋景的摊子前面。那是夏天，我穿一件白褂，兜里有一个钱包。我正仰头看着，觉得有人触动了我一下，我一转脸，看见一个青年，正用手指轻轻夹我的钱包，知道我发现，他就若无其事地转身走了。当时感情旺盛，我还很为这个青年，为社会，为自身，感慨了一阵子。

直到现在，我对这个人印象很清楚，他高个儿，穿着破旧，满脸烟气，大概是个白面客。

另一次是在本县羽林村看大戏，也是夏天，皮包里有一块现洋叫人扒去了，没有发觉。

在解放区十几年，那里是没有盗贼的。初进城的几年，这个大城市，也可以说是路不拾遗的。

问题就出在"文化大革命"上。在动乱中，造反和偷盗分不清，革命和抢劫分不清。那些大的事件，姑且不论。单说我住的这个院子，原是吴鼎昌姨太太的别墅，日本人住过，国民党也住过，都没有多少破坏。房子很阔气，正门的门限上，镶着很厚很大的一块黄铜，足有二十斤重。动乱期间，附近南市的顽童进院造反，其著名的领袖，一个叫做三猪，一个叫做癞蛤蟆，癞蛤蟆喜欢铁器，三猪喜欢铜器。他把所有的铜门把，铜饰件，都拿走了，就是起不下这块铜门限来。他非常喜爱这块铜，因此他也就离不开这个院，这个院成了他的革命总部和根据地。他每天从早到晚坐在铜门限上，指挥他的群众。住户不能出门，只好请军管人员把他抱出去。三猪并不示弱，他听说解放军奉令骂不还口，打不还手，他就亲爹亲娘骂了起来。谁知这位农民出身的青年战士，受不了这种当众辱骂，不管什么最高指示，把三猪的头按在铜门限上，狠狠碰了几下，拖了出去。

城市里有些居民，也感染了三猪一类的习气，采取的手段比较和平，多是化公为私。比如说院墙，夜晚推倒一段，白天把砖抱回家来，盖一间小屋。院里的走廊，先把它弄得动摇了，然后就拆下木料，去做一件自用家具。这当然是物质不灭。不过一旦成为私有的东西，就倍加爱惜，也就成为神圣之物，不可侵犯了。

后来我到了干校。先是种地，公家买了很多农具、锄头、铁铲、小推车，都是崭新的。后来又盖房，砖瓦、洋灰、木料，也是充足的。但过了不久，就被附近农村的人拿走了大半。农民有一条谚语，道："五七干校是个宝，我们缺什么就到里边找。"

这当然也可解释为：取之于民，用之于民。

现在，我们的院子，经过天灾人祸，已经是满目疮痍，不堪回首。大门又不严紧。人们还是争着在院里开一片荒地，种植葡萄或瓜果。秋季，当葡萄熟了，每天都有成群结伙的青少年在院里串游，垂涎架下，久久不肯离去。夜晚则借口捉蟋蟀，闯入院内，刀剪齐下，几分钟可以把一架葡萄弄得干干净净；手脚利索，架下连个落叶都没有。有一户种了一棵吊瓜，瓜色艳红，是我院秋色之冠，也被摘去了，为了携带方便，还顺手牵羊，拿走了另一户的一只新篮子。

我年老体弱，无力经营葡萄，也生不了这个气，就在自己窗下的尺寸之地，栽了一架瓜蒌。这是苦东西，没有病的人，是不吃的。另外养了几盆花，放置在窗台上，却接二连三被偷走了。

每天晚上，关灯睡下，半夜醒来，想到有一两名小偷就在窗前窥伺，虽然我是见过世面的人，也真的感到有些不安全了。

谚云：饥寒起盗心。国家施政，虽游民亦可得温饱，今之盗窃，实与饥寒无关也。或谓：偷花者出于爱美，尤为大谬不然矣！

1983年4月20日改讫

吃饭的故事

　　我幼小时，因为母亲没有奶水，家境又不富裕，体质就很不好。但从上了小学，一直到参加革命工作，一日三餐，还是能够维持的，并没有真正挨过饿。当然，常年吃的也不过是高粱小米，遇到荒年，也吃过野菜蝗虫，饽饽里也掺些谷糠。

　　一九三八年，参加抗日，在冀中吃得还是好的。离家近，花钱也方便，还经常吃吃小馆。后来到了阜平，就开始一天三钱油三钱盐的生活，吃不饱的时候就多了。吃不饱，就到野外去转游，但转游还是当不了饭吃。

　　菜汤里的萝卜条，一根赶着一根跑，像游鱼似的。

有时是杨叶汤，一片追着一片，像飞蝶似的。又不断行军打仗，就是这样的饭食，也常常难以为继。

一九四四年到了延安，丰衣足食；不久我又当了教员，吃上小灶。

日本投降以后，我从张家口一个人徒步回家，每天行程百里，一路上吃的是派饭。有时夜晚赶到一处，桌上放着两个糠饼子，一碟干辣子，干渴得很，实在难以下咽，只好忍饥睡下，明天再碰运气。

到家以后，经过八年战争，随后是土地改革，家中又无劳动力，生活已经非常困难。我的妻子，就是想给我做些好吃的，也力不从心了。

此后几年，我过的是到处吃派饭的生活。土改平分，我跟着工作组住在村里，吃派饭。工作组走了，我想写点东西，留在村里，还是吃派饭。对给我饭吃，给我房住的农民，特别有感情，总是恋恋不舍，不愿离开。在博野的大西章村，饶阳的大张岗村，都是如此。在土改正在进行时，农民对工作组是很热情的；经过急风暴雨，工作组一撤，农民或者因为分到的东西少，或者因为怕翻天，心情就很复杂了。我不离开，房东的态度，已经有很大的不同，首先表现在饭食上。后来有人警告我：继续留在村里，还有危险。我当时确实没有想到。

有时为了减轻家庭负担，我还带上大女儿，到一个农村去住几天，叫她跟着孩子们到地里去捡花生，或是跟着房东大娘纺线。我则体验生活，写点小说。

这种生活，实际上也是饥一顿，饱一顿，持续了有两三年的时间。

进城以后，算是结束了这种吃饭方式。

一九五三年，我又到安国县下乡半年。吃派饭有些不习惯，我就自己做饭，每天买点馒头，煮点挂面，炒个鸡蛋。按说这是好饭食，但有时我嫌麻烦，就三顿改为两顿，有时还是饿着肚子，到沙岗上去散步。

我还进城买些点心、冰糖，放在房东家的橱柜里。房东家有两房儿媳妇，都在如花之年，每逢我从外面回来，就一齐笑脸相迎说：

"老孙，我们又偷吃你的冰糖了。"

这样，吃到我肚子里去的，就很有限了。虽然如此，我还是很高兴的。能得到她们的欢心，我就忘记饥饿了。

1983年9月1日晨，大雨不能外出。

昆虫的故事

　　人的一生，真正的欢乐，在于童年。成年以后的欢乐，则常带有种种限制。例如说：寻欢取乐；强作欢笑；甚至以苦为乐等等。

　　而童年的欢乐，又在于黄昏。这是因为：一天劳作之后，晚饭未熟之前，孩子们是可以偷一些空闲，尽情玩一会儿的。时间虽短，其欢乐的程度，是大大超过青年人的人约黄昏后的情景的。

　　黄昏的欢乐，又多在春天和夏天，又常常和昆虫有关。

　　一是捉黑老婆虫。

这种昆虫，黑色，有硬壳，但下面又有软翅。当村边的柳树初发芽时，它们不知从何处飞来，群集在柳枝上。儿童们用脚一踢树干，它们就纷纷落地装死。儿童们争先恐后地把它们装入瓶子，拿回家去喂鸡。我们的童年，即使是游戏，也常常和衣食紧密相连。

二是摸爬爬儿。

爬爬儿是蝉的幼虫，黄昏时从地里钻出来，爬到附近的树上，或是篱笆上。第二天清晨，脱去一层黄色的皮，就变成了蝉。

摸蝉的幼虫，有两种方式。一是摸洞，每到黄昏，到场边树下去转游，看到有新挖开的小洞，用手指往里一探，幼虫的前爪，就会钩住你的手指，随即带了出来。这种洞是有特点的，口很小，呈不规则圆形，边缘很薄。我幼年时，是察看这种洞的能手，几乎百无一失。另一种方式是摸树。这时天渐渐黑了，幼虫已经爬到树上，但还停留在树的下部，用手从树的周围去摸。这种方式，有点碰运气，弄不好，还会碰到别的虫子，例如蝎子，那就很倒霉了。而且这时母亲也就要喊我们回家吃饭了。

捉了蝉的幼虫，回家用盐水泡起来，可以煎着吃。

三是抄老道儿。

我们那里，沙地很多，都是白沙，一望无垠，洁白如雪，人们就种上柳子。柳子地，是我童年的一大乐园。玩累了，坐在沙地上，就会看见有很多小酒盅似的坑儿。里面光滑整洁，无声无息，偶尔有一个蚂蚁或是小飞虫，滑落到里面，很快就没有踪迹了。我们一边嘴里念念有词："老道儿，老道儿，我给你送肉吃来了。"一边用手往沙地深处猛一抄，小酒盅就到了手掌，沙土从指缝里流落，最后剩一条灰色软体的，形似书鱼而略大的小爬虫在掌心。这种虫子就叫老道儿。它总是倒着走，把它放在沙地上，它迅速地倒退着，不久就又形成一个窝，它也不见了。

它的头部，有两只很硬的钳子。别的小昆虫一掉进它的陷阱，被它拉进土里吃掉，这就叫无声的死亡，或者叫莫名其妙的死亡。

现在想来：道家以清静无为、玄虚冲淡为教旨。导引吐纳、餐风饮露以延年。虫之所为，甚不类矣。何以千古相传，赐此嘉名？岂农民对诡秘之行，有所讽喻乎？

1984年3月28日上午

钢笔的故事

　　我在小学时，写字都是用毛笔。上初中时，开始用蘸水钢笔尖。到高中时，阔气一点的同学，已经有不少人用自来水笔，是从美国进口的一种黑杆自来水笔，买一支要五元大洋。我的家境不行，但年轻时，也好赶时髦。我有一个同班同学，叫张砚方，他的父亲是个军官，张砚方写得一手好魏碑字，这时已改用自来水笔，钢笔字还带有郑文公的风韵。他慷慨地借给了我五元钱，使我顺利地进入了使用自来水笔的行列。钢笔借款，使我心里很不安，又不敢向家里去要，直到张砚方大学毕业时，不愿写毕业论文，把我写的一篇《同路人文学论》拿去交卷，我才轻松了下来。其实我那篇文章，即使投稿，也不会中选，更不用说得什么评论奖了。

这支钢笔，作为宝贵财产，在抗日战争时期，家里人把它埋藏在草屋里。我已经离开家乡到山里去了。我家喂着一头老黄牛，有一天长工清扫牛槽时，发现了这支钢笔。因为是塑料制造，不是味道，老牛咀嚼很久，还是把它吐了出来。

在山里，我又用起钢笔尖，用秫秸做笔杆。那时就是钢笔尖，也很难买到，都是经过小贩，从敌占区弄来的。有一次，我从一个同志的桌上，拿了一个新钢笔尖用，惹得这个同志很不高兴。

就是用这种钢笔，在山区，我还是写了不少文章，原始工具，并不妨碍文思。

抗日战争胜利，我回到了冀中。先是杨循同志送我一支自来水笔，后来，邓康同志又送我一支。我把老杨送我的一支，送给了老秦。

不久，实行土改，我的家是富农，财产被平分。家里只有老母、弱妻和几个小孩子，没有劳力，生活很困难。我先是用自行车带着大女孩子下乡，住在老乡家里，女孩子跟老太太们一块纺线，有时还同孩子们到地里拾些花生、庄稼。后来，政策越来越严格，小孩子不能再吃公粮，我只好把她送回家去。因家庭成分不好，我有多半年不能回家。有一次回家，看见大女孩子，一个人站在屋后的深水里割高粱，我只好放下车子，挽起裤子，帮她去干活。

回到家里，一家人都在为今后的生活发愁。我告诉他们，周而复同志给我编了一本集子，在香港出版，托周扬同志给我带来了几十元稿费。现在我不能带钱回家，我已经托房东，籴了三斗小米，以后政策缓和了，可以运回来。这一番话，并不能解除家人的忧虑。妻说，三斗小米，够吃几天，哪里是长远之计。

我又说，我身上还有一支钢笔，这支钢笔是外国货，可以卖些钱，你们做个小本买卖，比如说卖豆菜，还可以维持一段时间。家人未加可否。

这都是杞人之忧，解放战争进行得出人意料地顺利，不久我就随军进入天津，忧虑也随之云消雾散。

进城以后，我买了一支大金星钢笔，笔杆很粗，很好用，用了很多年，写了不少字。稿费多了，有人劝我买一支美国派克笔。我这人经不起人劝说，就托机关的一位买办同志，去买了一支，也忘记花了多少钱。"文化大革命"，这是一条。群众批判说：国产钢笔就不能写字？为什么要用外国笔？我觉得说得也是，就检讨说：文章写得好不好，确实不在用什么笔。群众说检讨得不错。

　　其实，这支钢笔，我一直没有用过。我这个人小气，不大方，有什么好东西，总是放着，舍不得用。抄家时抄去了，后来又发还了，还是锁在柜子里。此生此世，我恐怕不会用它了。现在，机关每年要发一支钢笔，我的笔筒里已经存放着好几支了。

1985年4月11日

某村旧事

　　一九四五年八月，日寇投降，我从延安出发，十月到浑源，休息一些日子，到了张家口。那时已经是冬季，我穿着一身很不合体的毛蓝粗布棉衣，见到在张家口工作的一些老战友，他们竟是有些"城市化"了。做财贸工作的老邓，原是我们在晋察冀工作时的一位诗人和歌手，他见到我，当天夜晚把我带到他的住处，烧了一池热水，叫我洗了一个澡，又送我一些钱，叫我明天到早市买件衬衣。当年同志们那种同甘共苦的热情，真是值得怀念。

　　第二天清晨，我按照老邓的嘱咐到了摊贩市场。

那里热闹得很。我买了一件和我的棉衣很不相称的"绸料"衬衣，还买了一条日本的丝巾围在脖子上，另外又买了一顶口外的狸皮冬帽戴在头上。路经宣化，又从老王的床铺上扯了一条粗毛毯，一件日本军用黄呢斗篷，就回到冀中平原上来了。

这真是胜利归来，洋洋洒洒，连续步行十四日，到了家乡。在家里住了四天，然后，在一个大雾弥漫的早晨，到蠡县县城去。

冬天，走在茫茫大雾里，像潜在又深又冷的浑水里一样。但等到太阳出来，就看见村庄、树木上，满是霜雪，那也真是一种奇景。那些年，我是多么喜欢走路行军！走在农村的安静的平坦的道路上，人的思想就会像清晨的阳光，猛然投射到披满银花的万物上，那样闪耀和清澈。

傍晚，我到了县城。县委机关设在城里原是一家钱庄的大宅院里，老梁住在东屋。

梁同志朴实而厚重。我们最初认识是一九三八年春季，我到这县组织人民武装自卫会，那时老梁在县里领导着一个剧社。但熟起来是在一九四二年，我从山地回到平原，帮忙编辑《冀中一日》的时候。

一九四三年，敌人在晋察冀持续了三个月的大"扫荡"。在繁峙境，我曾在战争空隙，翻越几个山头，去看望他一次。那时他正跟随西北战地服务团行军，有任务要到太原去。

我们分别很久了。当天晚上，他就给我安排好了下乡的地点，他叫我到一个村庄去。我在他那里，见到一个身材不高管理文件的女同志，老梁告诉我，她叫银花，就是那个村庄的人。她有一个妹妹叫锡花，在村里工作。

到了村里，我先到锡花家去。这是一家中农。锡花是一个非常热情、爽快、很懂事理的姑娘。她高高的个儿，颜面和头发上，都还带着明显的稚气，看来也不过十七八岁。中午，她给我预备了一顿非常可口的家乡饭：煮红薯、炒花生、玉茭饼子、杂面汤。

她没有母亲，父亲有四十来岁，服饰不像一个农民，很像一个从城市回家的商人，脸上带着酒气，不好说话，在人面前，好像做了什么错事似的。在县城，我听说他不务正业，当时我想，也许是中年鳏居的缘故吧。她的祖父却很活跃，不像一个七十来岁的老人，黑干而健康的脸上，笑容不断，给我的印象，很像是一个牲口经纪或赌场过来人。他好唱昆曲，在我们吃罢饭休息的时候，他拍着桌沿，给我唱了一段《藏舟》。这里的老一辈人，差不多都会唱几口昆曲。

我住在这一村庄的几个月里，锡花常到我住的地方看我，有时给我带些吃食去。她担任村里党支部的委员，有时也征求我一些对村里工作的意见。有时，我到她家去坐坐，见她总是那样勤快活泼。后来，我到了河间，还给她写过几回信，她每次回信，都谈到她的学习。我进了城市，音问就断绝了。

这几年，我有时会想起她来，曾向梁同志打听过她的消息。老梁说，在一九四八年农村整风的时候，好像她家有些问题，被当做"石头"搬了一下。农民称她家为"官铺"，并编有歌谣。锡花仓促之间，和一个极普通的农民结了婚，好像也很不如意。详细情形，不得而知。乍听之下，为之默然。

我在那里居住的时候，接近的群众并不多，对于干部，也只是从表面获得印象，很少追问他们的底细。现在想起来，虽然当时已经从村里一些主要干部身上，感觉到一种专横独断的作风，也只认为是农村工作不易避免的缺点。在锡花身上，连这一点也没有感到。

所以，我还是想：这些民愤，也许是她的家庭别的成员引起的，不一定是她的过错。至于结婚如意不如意，也恐怕只是局外人一时的看法。感情的变化，是复杂曲折的，当初不如意，今天也许如意。很多人当时如意，后来不是竟不如意了吗？但是，这一切都太主观，近于打板摇卦了。我在这个村庄，写了《钟》、《"藏"》、《碑》三篇小说。在《"藏"》里，女主人公借用了锡花这个名字。

我住在村北头姓郑的一家三合房大宅院里，这原是一家地主，房东是干部，不在家，房东太太也出去看望她的女儿了。陪我做伴的，是他家一个老用人。这是一个在农村被认为缺个魂儿、少个心眼儿，其实是非常质朴的贫苦农民。他的一只眼睛不好，眼泪不停止地流下来，他不断用一块破布去擦抹。他是给房东看家的，因而也帮我做饭。没事的时候，也坐在椅子上陪我说说话儿。

有时，我在宽广的庭院里散步，老人静静地坐在台阶上；夜晚，我在屋里地下点一些秫秸取暖，他也蹲在一边取火抽烟。他的形象，在我心里，总是引起一种极其沉重的感觉。他孤身一人，年近衰老，尚无一瓦之栖，一垄之地。无论在生活和思想上，在他那里，还没有在其他农民身上早已看到的新的标志。一九四八年平分土地以后，不知他的生活变得怎样了，祝他晚境安适。

在我的对门，是妇救会主任家。我忘记她家姓什么，只记得主任叫志扬，这很像是一个男人的名字。丈夫在外面做生意，家里只有她和婆母。婆母外表黑胖，颇有心计，这是我一眼就看出来的。我初到郑家，因为村干部很是照顾，她以为来了什么重要的上级，亲自来看过我一次，显得很亲近，一定约我到她家去坐坐。第二天我去了，是在平常人家吃罢早饭的时候。她正在院里打扫，这个庭院显得整齐富裕，门窗油饰还很新鲜。她叫我到儿媳屋里去，儿媳也在屋里招呼了。我走进西间里，看见妇救会主任还没有起床，盖着耀眼的红绫大被，两只白皙丰满的膀子露在被头外面，就像陈列在红绒衬布上的象牙雕刻一般。我被封建意识所拘束，急忙却步转身。她的婆母却在外间吃吃笑了起来，这给我的印象颇为不佳，以后也就再没到她家去过。

有时在街上遇到她婆母，她对我好像也非常冷淡下来了。我想，主要因为，她看透我是一个穷光蛋，既不是骑马的干部，也不是骑车子的干部，而是一个穿着粗布棉衣，夹着小包东游西晃溜溜达达的干部。进村以来，既没有主持会议，也没有登台讲演，这种干部，叫她看来，当然没有什么作为，也主不了村中的大计，得罪了也没关系，更何必巴结钻营？

后来听老梁说，这家人家在一九四八年冬季被斗争了。这一消息，没有引起我任何惊异之感，她们当时之所以工作，明显地带有投机性质。

在这村，我遇到了一位老战友。他的名字，我起先忘记了，我的爱人是"给事中"，她告诉我这个人叫松年。那时他只有二十五六岁，瘦小个儿，聪明外露，很会说话，我爱人只见过他一两次，竟能在十五六年以后，把他的名字冲口说出，足见他给人印象之深。

松年也是郑家支派。他十几岁就参加了抗日工作，原在冀中区的印刷厂，后调阜平《晋察冀日报》印刷厂工作。我两人工作经历相仿，过去虽未见面，谈起来非常亲切。他已经脱离工作四五年了。他父亲多病，娶了一房年轻的继母。这位继母足智多谋，一定要儿子回家，这也许是为了儿子的安全着想，也许是为家庭的生产生活着想。最初，松年不答应，声言以抗日为重。继母遂即给他说好一门亲事，娶了过来，枕边私语，重于诏书。新媳妇的说服动员工作很见功效，松年在新婚之后，就没有回山地去，这在当时被叫做"脱鞋"——"妥协"或开小差。

事过境迁，松年和我谈起这些来，已经没有惭怍不安之情，同时，他也许有了什么人生观的依据和现实生活的体会吧，他对我的抗日战士的贫苦奔波的生活，竟时露嘲笑的神色。那时候，我既服装不整，夜晚睡在炕上，铺的盖的也只是破毡败絮。（因为房东不在家，把被面都搁藏起来，只是炕上扔着一些破被套，我就利用它们取暖。）而我还要自己去要米，自己烧饭，在他看来，岂不近于游僧的敛化，饥民的就食！在这种情况下面，我的好言相劝，他自然就听不进去，每当谈到"归队"，他就借故推托，扬长而去。

有一天，他带我到他家里去。那也是一处地主规模的大宅院，但有些破落的景象。他把我带到他的洞房，我也看到了他那按年岁来说显得过于肥胖了一些的新妇。新妇看见我，从炕上溜下来出去了。因为曾经是老战友，我也不客气，就靠在那折叠得很整齐的新被垒上休息了一会。

房间裱糊得如同雪洞一般，阳光照在新糊的洒过桐油的窗纸上，明亮如同玻璃。一张张用红纸剪贴的各色花朵，都给人一种温柔之感。房间的陈设，没有一样不带新婚美满的气氛，更有一种脂粉的气味，在屋里弥漫……

柳宗元有言，流徙之人，不可在过于冷清之处久居，现在是，革命战士不可在温柔之乡久处。我忽然不安起来了。当然，这里没有冰天雪地，没有烈日当空，没有跋涉，没有饥饿，没有枪林弹雨，更没有入死出生。但是，它在消磨且已经消磨尽了一位青年人的斗志。我告辞出来，一个人又回到那冷屋子冷炕上去。

生活啊，你在朝着什么方向前进？你进行得坚定而又有充分的信心吗？

"有的。"好像有什么声音在回答我，我睡熟了。

在这个村庄里，我另外认识了一位文建会的负责人，他有些地方，很像我在《风云初记》里写到的变吉哥。

以上所记，都是十五六年前的旧事。一别此村，从未再去。有些老年人，恐怕已经安息在土壤里了吧，他们一生的得失，欢乐和痛苦，只能留在乡里的口碑上。一些青年人，恐怕早已生儿育女，生活大有变化，愿他们都很幸福。

1962年8月13日夜记

包袱皮儿

今年国庆节，在石家庄纺纱厂工作的大女儿来看望我。她每年来天津一次，总是选择这个不冷不热的季节。她从小在老家，跟着奶奶和母亲，学纺线织布，家里没有劳动力，她还要在田地里干活，到街上的水井去担水。十六岁的时候，跟我到天津，因为家里人口多，我负担重，把她送到纱厂。老家旧日的一套生活习惯，自从她母亲去世以后，就只有她知道一些了。

她问我有什么活儿没有，帮我做一做。我说："没有活儿。你长年在工厂不得休息，就在这里休息几天吧。"

可是她闲不住，闷得慌。新近有人给我买了两把藤椅，天气冷了，应该做个棉垫。我开开柜子给她找了些破布。我用的包袱皮儿，都是她母亲的旧物，有的是在"文化大革命"期间，被赶到小房子里，她带病用孩子们小时的衣服，拆毁缝成的。其中有一个白底紫花纹的，是过去日本的人造丝。我问她："你还记得这个包袱皮儿吗？"

她说："记得。爹，你太细了，很多东西还是旧的，过去很多年的。"

"不是细。是一种习惯。"我说，"东西没有破到实在不能用，我就不愿意把它扔掉。我铺的褥子，还是你在老家纺的粗线，你母亲织的呢！"

我找出了一条破裤和一件破衬衫，叫她去做椅垫，她拿到小女儿的家里去做。小女儿说："我这里有的是新布，用那些破东西干什么？"

大女儿说："咱爹叫用什么，我就只能用什么。"

那里有缝纫机，很快她就把椅垫做好拿回来了。

夜晚，我照例睡不好觉。先是围绕着那个日本人造丝包袱皮儿，想了很久：年轻时，我最喜爱书，妻最喜爱花布。那时乡下贩卖布头的很多，都是大城市裁缝铺的下脚料。有一次，去子文镇赶集，我买了一部石印的小书，一棵石榴树苗，还买了这块日本人造丝的布头，回家送给了妻子。她很高兴，说花色好看，但是不成材料，只能做包袱皮儿。她一直用着，经过抗日战争，解放战争，又带到天津，经过"文化大革命"，多次翻箱倒柜地抄家，一直到她去世。她的遗物，死后变卖了一些，孩子们分用了一些，眼下就只有两个包袱皮儿了。这一件虽是日本人造丝，当时都说不坚实耐用，经历了整整五十年，它只有一点折裂，还是很完好的。而喜爱它、使用它的人，亡去已经有十年了。

我艰难入睡，梦见我携带妻儿老小，正在奔波旅行。住在一家店房，街上忽然喊叫"发大水了"。我望见村外无边无际、滔滔的洪水。我跑到街上，又跑了回来，面对一家人发急，这样就又醒来了。

清晨，我对女儿叙述了这个梦境。女儿安慰我说："梦见水了好，梦见大水更好。"

我说："现在，只有你还能知道一些我的生活经历。"

1983年10月12日晨

小　贩

　　我在农村长大，没见过大杂院。后来在保定，到一个朋友家里，见到几户人家，同时在院子里生炉子做饭，乱哄哄的，才有了大杂院的印象。

　　我现在住的大杂院，有三十几户人家，一百多口人，其大其杂，和没有秩序，是可以想象的。每天还川流不息地有小贩进来，吆喝、转游、窥探。不知别人怎样，我对这些人的印象，是不怎么好的。他们肆无忌惮，声音刺耳，心不在焉，走家串户，登堂入室。买破烂的还好，在院里高声喊叫几声，游行一周，看看没有什么可图，就出去了。卖鸡蛋、大米、香油的，则常常探头探脑地到门口来问。最使人感到不安的，是卖菜刀的。青年人，长头发，短打扮，破书包里装着几把，手里拿着一把，不声不响地走进屋来，把手里的菜刀，向你眼前一亮：

"大爷来把刀吧！"

真把人冷不防吓一跳。并且软硬兼施，使孤身的老年人，不知如何应付，觉得最好的办法，还是言无二价地买他一把。因为站在面前的，好像不是卖刀的杨志，倒是那个买刀的牛二。

虽然有人在大门上，用大字写上了"严禁小贩入内"。在目前这个情况下，也只能是：有禁不止。

据说，这些小贩，在经济基础上，还有许多区分：有全民的，有集体的，有个体的。总之，不管属于哪一类，我一听到他们的吆喝声，就进户关门。我老了，不想买什么，也不想卖什么，需要的是安静和安全。

老年人习惯回忆，我现在常常想起，我幼年时在乡村，或青年时在城市，见到的那些小贩。

我们的村子是个小村，只有一百来户人家。一年之内，春夏秋冬，也总有一些小贩，进村来做买卖。早晨是卖青菜的，卖豆腐的，卖馒头的，晚上是卖擀杂面的，卖牛肉包子的。闲时是打铁的，补锅的，锔碗的，甩绸缎的。年节时是耍猴，唱"十不闲"、独角戏的。如果打板算卦也可以算在内，还能给村民带来音乐欣赏。我记得有一个胖胖的身穿长袍算卦的瞎子，一进村就把竹杖夹在腋下。吹起引人入胜的笛子来，他自己也处在一种忘我的情态里，即使没有人招揽他做生意，他也心满意足，毫无遗憾，一直吹到街的那头，消失到田野里去。

这些小贩进村来卖针线的，能和妇女打交道，卖玩具的，能和小孩打交道，都是规规矩矩，语言和气，不管生意多少，买卖不成人情在，和村民建立了深厚的感情。再进村，就成了熟人、朋友。如果有的年轻人调皮，年老的就告诫说，小本买卖，不容易，不要那样。

我在保定上中学时，学校门口附近有一个摊贩。他高个子，黑脸膛，沉静和气，从不大声说话，称呼我们为先生。在马路旁，搭了一间小棚，又用秫秸纸墙隔开，外面卖花生糖果，烧饼猪肉。纸墙上开一个小口，卖馄饨。当垆的是他的老婆，年纪不大，长得十分俊俏，从来不说话，也没有一点声响。只是听男人说一声，她就从小窗口，送出一碗馄饨来。我去得多了，和她丈夫很熟，可以赊账，也只是从小窗口偶尔看见过她的容颜。

学校限制学生吃零食，但他们的生意很好，我上学六年，他们一直在那里。听人说，他们是因为桃色事件，从山东老家逃到这里来的。夜晚，他们就睡在那间小小的棚子里，靠做这个小买卖，维持生活，享受幸福。

小棚子也经受风吹雨打，夜晚，他们做的是什么样的梦，我有时想写一篇小说。又觉得没有意思。写成了，还不是一篇新的文君当垆的故事。

不过，我确是常常想，他们为什么能那样和气生财，那样招人喜爱，那样看重自己的职业，也使得别人看重自己。他们不是本小利薄吗？不是早出晚归吗？劳累一年，才仅仅能养家糊口吗？

1985年8月31日

晚秋植物记

白腊树

　　庭院平台下，有五株白腊树，50年代街道搞绿化所植，已有碗口粗。每值晚秋，黄叶飘落，日扫数次不断。余门前一株为雌性，结实如豆荚，因此消耗精力多，其叶黄最早，飘落亦最早，每日早起，几可没足。清扫落叶，为一定之晨课，已三十余年。幼年时，农村练武术者，所持之棍棒，称做白腊杆。即用此树枝干做成，然眼前树枝颇不直，想用火烤制过。如此，则此树又与历史兵器有关。揭竿而起，殆即此物。

石　榴

前数年买石榴一株，植于瓦盆中。树渐大而盆不易，头重脚轻，每遇风，常常倾倒，盆已有裂纹数处，然尚未碎也。今年左右系以绳索，使之不倾斜。所结果实为酸性，年老不能食，故亦不甚重之。去年结果多，今年休息，只结一小果，南向，得阳光独厚。其色如琥珀珊瑚，晶莹可爱，昨日剪下，置于橱上，以为观赏之资。

丝　瓜

我好秋声，每年买蝈蝈一只，挂于纱窗之上，以其鸣叫，能引乡思。每日清晨，赴后院陆家采丝瓜花数枚，以为饲料。今年心绪不宁，未购养。一日步至后院，见陆家丝瓜花，甚为繁茂，地下萎花亦甚多。主人问何以今年未见来采，我心有所凄凄。陆，女同志，与余同从冀中区进城，亦同时住进此院，今皆衰老，而有旧日感情。

瓜　蒌

　　原为一家一户之庭院，解放后，分给众家众户。这是革命之必然结果。原有之花木山石，破坏糟蹋完毕，乃各占地盘，经营自己之小房屋，小菜园，小花圃，使院中建筑地貌，犬牙交错，形象大变。化整为零，化公为私，盖非一处如此，到处皆然也。工人也好，干部也好，多来自农村，其生活方式，经营思想，无不带有农民习惯，所重者为土地与砖瓦，观庭院中之竞争可知。

　　我体弱，无力与争。房屋周围之隙地，逐渐为有劳力、有心计者所侵占。惟窗下留有尺寸之地。不甘寂寞，从街头购瓜蒌籽数枚，植之。围以树枝，引以绳索，当年即发蔓结果矣。

　　幼年时，在乡村小药铺，初见此物。延于墙壁之上，果实垂垂，甚可爱，故首先想到它。当时是独家经营的新品种，同院好花卉者，也竞相种植。

　　东邻李家，同院中之广种薄收者也。好施肥，每日清晨从厕所中掏出大粪，倾于苗圃，不以为脏。从医院要回瓜蒌秧，长势颇壮，绿化了一个方面。他种的瓜蒌，迟迟不结果，其花为白绒状，其叶亦稍不同，众人嘲笑。李家坚信不疑，请看来年，而来年如故。一王姓客人过而笑曰：此非瓜蒌，乃天花粉也，药材在根部。此客号称无所不知。

我所植，果实逐年增多，李家仍一个不结。我甚得意，遂去破绳败枝，购置新竹竿搭成高大漂亮架子，使之向空中发展，炫耀于众。出乎意料，今年亦变为李家形状，一个果也没有结出。

幸有一部《本草纲目》，找出查看。好容易才查到瓜蒌条，然亦未得要领，不知其何以有变。是肥料跟不上，还是日光照射不足？是种植几年，就要改种，还是有什么剪枝技术？书上都没有记载。只是长了一些知识：瓜蒌也叫天花粉，并非两种。王客所言，也是只知其一，不知其二。

然我之推理，亦未必全中。阳光如旧并无新的遮蔽。肥料固然施得不多，证之李家，亦未必因此。如非修剪无术，则必是本身退化，需要再播种一次新的种子了。

种植几年，它对我不再是新鲜物，我对它也有些腻烦。现在既不结果，明年想拔去，利用原架，改种葡萄。但书上说拔除甚不易，其根直入地下，有五六尺之深。这又不是我力所能及的了。

灰 菜

庭院假山，山石被人拉去，乃变为一座垃圾山。我每日照例登临，有所凭吊。今年，因此院成为脏乱死角，街道不断督促，所属机关，才拨款一千元，雇推土机及汽车，把垃圾运走。光滑几天，不久就又砖头瓦块满地，机关原想在空地种些花木，花钱从郊区买了一车肥料，卸在大门口。除院中有心人运些到自己葡萄架下外，当晚一场大雨，全漂到马路上去了。

有一户用碎砖围了一小片地，扬上一些肥料。不知为什么没有继续经营。雨后野草丛生，其中有名灰菜者，现在长到一人多高，远望如灌木。家乡称此菜为"落绿"，煮熟可作菜，余幼年所常食。其灰可浣衣，胜于其他草木灰。故又名灰菜。生命力特强，在此院房顶上，可以长到几尺高。

1985年10月8日

楼居随笔

观垂柳

农谚："七九、八九，隔河观柳。"身居大城市，年老不能远行，是享受不到这种情景了。但我住的楼后面，小马路两旁，栽种的却是垂柳。

这是去年春季，由农村来的民工经手栽的。他们比城里人用心、负责，隔几天就浇一次水。所以，虽说这一带土质不好，其他花卉，死了不少，这些小柳树，经过一个冬季，经过儿童们的攀折，汽车的碰撞，骡马的啃噬，还算是成活了不少。两场春雨过后，都已经发芽，充满绿意了。

我自幼就喜欢小树。童年的春天，在野地玩，见到一棵小杏树，小桃树，甚至小槐树，小榆树，都要小心翼翼地移到自家的庭院去。但不记得有多少株成活、成材。

柳树是不用特意去寻觅的。我的家乡，多是沙土地，又好发水，柳树都是自己长出来的，只要不妨碍农活，人们就把它留了下来，它也很快就长得高大了。每个村子的周围，都有高大的柳树，这是平原的一大奇观。走在路上，四周观望，看不见村庄房舍，看到的，都是黑压压、雾沉沉的柳树。平原大地，就是柳树的天下。

柳树是一种梦幻的树。它的枝条叶子和飞絮，都是轻浮的，柔软的，缭绕、挑逗着人的情怀。

这种景象，在我的头脑中，就要像梦境一样消失了。楼下的小垂柳，只能引起我短暂的回忆。

1990年4月5日晨

观藤萝

楼前的小庭院里，精心设计了一个走廊形的藤萝架。去年夏天，五六个民工，费了很多时日，才算架起来了。然后运来了树苗，在两旁各栽种一排。树苗很细，只有筷子那样粗，用塑料绳系在架上，及时浇灌，多数成活了。

冬天，民工不见了，藤萝苗又都散落到地上，任人践踏。幸好，前天来了一群园林处的妇女，带着一捆别的爬蔓的树苗，和藤萝埋在一起，也和藤萝一块儿又系到架上去了。

系上就走了，也没有浇水。

进城初期，很多讲究的庭院，都有藤萝架。我住过的大院里，就有两架，一架方形，一架圆形，都是钢筋水泥做的，和现在观看到的一样。藤身有碗口粗，每年春天，都开很多花，然后结很多果。因为大院，不久就变成了大杂院，没人管理，又没有规章制度，藤萝很快就被作践死了，架也被人拆去，地方也被当作别用。

当时建造、种植它的人，是几多经营，藤身长到碗口粗细，也确非一日之功。一旦根断花消，也确给人以沧海桑田之感。

一件东西的成长，是很不容易的，要用很多人工、财力。一件东西的破坏，只要一个不逞之徒的私心一动，就可完事了。他们对于化公为私，是处心积虑的，无所不为的，办法和手段，也是很多的。

近些年，有人轻易地破坏了很多已经长成的东西。现在又不得不种植新的、小的。我们失去的，是一颗道德之心。再培养这颗心，是更艰难的。

新种的藤萝，也不一定乐观。因为我看见：养苗的不管移栽，移栽的又不管死活，即使活了，又没有人认真地管理。公家之物，还是没有主儿的东西。

1990年4月5日晨

听乡音

乡音，就是水土之音。

我自幼离乡背井，稍长奔走四方，后居大城市，与五方之人杂处，所以，对于谁是什么口音，从来不大注意，自己的口音，变了多少，也不知道。只是对于来自乡下，却强学城市口音的人，听来觉得不舒服而已。

这个城市的土著口音，说不上好听，但我也习惯了。只是当"文革"期间，我们迁移到另一个居民区时，老伴忽然对我说：

"为什么这里的人，说话这样难听？"

我想她是情绪不好，加上别人对她不客气所致，因此未加可否。

现在搬到新居，周围有很多老干部，散步时，常常听到乡音。但是大家相忘江湖，已经很久了，就很少上前招呼的热情了。

我每天晚上，八点钟就要上床，其实并睡不着，有时就把收音机放在床头。有一次调整收音机，河北电台，忽然传出说西河大鼓的声音，就听了一段，说的是《呼家将》。

我幼年时，曾在本村听过半部《呼延庆打擂》，没有打擂，说书的就回家过年去了。现在说的是打擂以后的事，最热闹的场面，是命定听不到了。西河大鼓，是我们那里流行的一种说书，它那鼓、板、三弦的配合音响，一听就使人入迷，这也算是一种乡音。说书的是一位女艺人。

最难得的，是书说完了，有一段广告，由一位女同志广播。她的声音，突然唤醒我对家乡的迷恋和热爱。虽然她的口音，已经标准化，广告词也每天相同。她的广告，还是成为我一个冬季的保留欣赏节目，每晚必听，一直到《呼家将》全书完毕。

这证明，我还是依恋故土的，思念家乡的，渴望听到乡音的。

1990年4月5日下午

听风声

楼居怕风，这在过去，是没有体会的。过去住老旧的平房，是怕下雨。一下雨，就担心漏房。雨还是每年下，房还是每年漏。就那么夜不安眠地，过了好些年。

现在住的是新楼，而且是墙壁甫干，街道未平，就搬进来住了。又住中层，确是不会有漏房之忧了，高枕安眠吧。谁知又不然，夜里听到了极可怕的风声。

春季，尤其厉害。我们的楼房，处在五条小马路的交叉点，风无论往哪个方向来，它总要迎战两个或三个风口的风力。加上楼房又高，距离又近，类似高山峡谷，大大增加了风的威力。其吼鸣之声，如惊涛骇浪，实在可怕，尤其是在夜晚。

可怕，不出去也就是了，闭上眼睡觉吧！问题在于，如果有哪一个门窗，没有上好，就有被刮开的危险。而一处洞开，则全部窗门乱动，披衣去关，已经来不及，摔碎玻璃事小，极容易伤风感冒。

所以，每逢入睡之前，我必须检查全部门窗。

我老了，听着这种风声，是难以入睡的。

其实，这种风，如果放到平原大地上去，也不过是春风吹拂而已。我幼年时，并不怕风，春天在野地里砍草，遇到顶天立地的大旋风过来，我敢迎着上，钻了进去。

后来，我就越来越怕风了。这不是指风的实质，而是指风的象征。

在风雨飘摇中，我度过了半个世纪。风吹草动，草木皆兵。这种体验，不只在抗日，防御残暴的敌人时有，在"文革"，担心小人的暗算时也有。

我很少有安眠的夜晚，幸福的夜晚。

1990年4月7日晨

青春余梦

我住的大杂院里，有一棵大杨树，树龄至少有七十年了。它有两围粗，枝叶茂密。经过动乱、地震，院里的花草树木，都破坏了，惟独它仍然矗立着。这样高大的树木，在这个繁华的大城市，确实少见了。

我幼年时，我们家的北边，也有一棵这样大的杨树。我的童年，有很多时光是在它的下面、它的周围度过的。我不只在秋风起后，在那里捡过杨叶，用长长的柳枝穿起来，像一条条的大蜈蚣；在春天度荒年的时候，我还吃过杨树飘落的花，那可以说是最苦最难以下咽的野菜了。

现在我已经老了，蛰居在这个大院里，不能再向远的地方走去，高的地方飞去。每年冬季，我要生火炉，劈柴是宝贵的，这棵大杨树帮了我不少忙。霜冻以后，它要脱落很多干枝，这种干枝，稍稍晒干，就可以生火，很有油性，很容易点着。每听到风声，我就到它下面去捡拾这种干枝，堆在门外，然后把它们折断晒干。

在这些干枝的表皮上，还留有绿的颜色，在表皮下面，还有水分。我想：它也是有过青春的呀！正像我也有过青春一样。然而它现在干枯了，脱落了，它不是还可以帮助别人生起火炉取暖吗？

是为序。

我的青春的最早阶段，是在保定育德中学度过的。保定是一座古老的城市，荒凉的城市，但也是很便于读书的城市。在这个城市，我呆了六年时间。在课堂上，我念英语，演算术。在课外，我在学校的图书馆，领了一个小木牌，把要借的书名写在上面，交给在小窗口等待的管理员，就可以拿到要看的书。图书管理员都是博学之士。星期天，我到天华市场去看书，那里有一家卖文具的小铺子，代卖各种新书。我可以站在那里翻看整整半天，主人不会干涉我。我在他那里看过很多种新书，只买过一本。这本书，我现在还保存着。我不大到商务印书馆去，它的门半掩着，柜台很高，望不见它摆的书籍。

读书的兴趣是多变的，忽然想看古书了；又忽然想看外国文学了；又忽然想研究社会科学了，这都没有关系。尽量去看吧，每一种学科，都多读几本吧。

后来，我又流浪到北平去了。除了买书看书，我还好看电影，好听京戏，迷恋着一些电影明星，一些科班名角。我住在东单牌楼，晚上，一个人走着到西单牌楼去看电影，到鲜鱼口去听京戏。那时长安大街多么荒凉、多么安静啊！一路上，很少遇到行人。

各种艺术都要去接触。饥饿了，就掏出剩下的几个铜板，坐在露天的小饭摊上，吃碗适口的杂菜烩饼吧。

有一阵子，我还好歌曲，因为民族的苦难太深重了，我们要呼喊。

无论保定和北平，都曾使我失望过，痛苦过，但也都给过我安慰和鼓舞，留下的印象是深刻的。我在那里得到过朋友们的帮助，也爱过人，同情过人。写过诗，写过小说，都没有成功。我又回到农村来了，又听到杨树叶子，哗哗地响着。

后来，我参加了抗日战争，关于这，我写得已经很多了。战争，充实了我的青春，也结束了我的青春。

我的青春，价值如何？是欢乐多，还是痛苦多？是安逸享受多，还是颠沛流离多？是虚度，还是有所作为，都不必去总结了。时代有总的结论，总的评价。个人是一滴水，如果滴落在江河，流向大海，大海是不会涸竭的。正像杨树虽有脱落的枝叶，它的本身是长存的。我祝愿它长存！

是为本文。

1982年12月6日清晨

芸斋梦余

关于花

青年时的我，对花是没有什么感情的，心里只有衣食二字。童年的印象里没有花。十四岁上了中学，学校里有一座很小的校园，一个老园丁。校园紧靠图书馆，有点时间，我宁肯进图书馆，很少到校园。在上植物学课时，张老师（河南人）带领我们去看含羞草啊，无花果啊，也觉得实在没有意思。校园里有一棵昙花，视为稀罕之物，每逢开花，即使已经下了晚自习，张老师还要把我们集合起来，排队去观赏，心里更认为他是多此一举，小题大作。

　　毕业后，为衣食奔走，我很少想到花，即使逛花园，心里也是沉重的。后来，参加了抗日战争，大部分时间是在山里打游击。山里有很多花，村头，河边，山顶都有花。杏花，桃花，梨花，还有很多野花，我很少观赏。不但不观赏，行军时践踏它们，休息时把它们当坐垫，无情地、无意识地拔起身边的野花，连嗅一嗅的兴趣都没有，抛到远处去，然后爬起来赶路。

　　我，青春时代，对花是无情的，可以说是辜负了所有遇到的花。

　　写作时，我也没有用花形容过女人。这不只是因为有先哲的名言，也是因为那时的我，认为用花来形容什么，是小资产阶级意识的表现。

　　及至现在，我老了，白发疏稀，感觉迟钝，我很喜爱花了。我花钱去买花，用瓷的花盆去栽种。然而花不开，它们干黄、枯萎，甚至不活。而在十年动乱时，造反派看中我的花盆，把花全部端走了。我对花的感情最浓厚，最丰盛，投放的精力也最大。然而花对我很冷漠，它们几乎是背转脸去，毫无笑模样，再也不理我。

这不能说是花对我无情，也不能怨它恨它，是它对我的理所当然的报复。

关于果

战争时期，我经常吃不饱。霜降以后我常到山沟里去，捡食残落的红枣、黑枣、梨子和核桃。树下没有了，我仰头望着树上，还有打不净的。稍低的用手去摘，再高的，用石块去投。常常望见在树的顶梢，有一个最大的、最红的，最引诱人的果子。这是主人的竿子也够不着，打不下来，才不得不留下来，恨恨地走去的。我向它瞄准，投了十下，不中。投了一百下，还是不中。我环绕着树身走着，望着，计划着。最后，我的脖颈僵了，筋疲力尽了，还是投不下来。我望着天空，面对四方，我希望刮起一股劲风，把它吹下来。但终于天气晴和，一丝风也没有。红果在天空摇曳着，讪笑着，诱惑着。

天晚了，我只好回去，我的肚子更饿了，这叫做得不偿失，无效劳动。我一步一回头，望着那颗距离我越来越远的红色果子。

夜里，我又梦见了它。第二天黎明，集合行军了，每人发了半个冷窝窝头。要爬上前面一座高山，我把窝窝头吃光了。还没爬到山顶，我饿得晕倒在山路上。忽然我的手被刺伤了，我醒来一看，是一棵酸枣树。我饥不择食，一把捋去，把果子、叶子、树枝和刺针，都塞到嘴里。

年老了，不再愿吃酸味的水果，但酸枣救活了我，我感念酸枣。每逢见到了酸枣树，我总是向它表示敬意。

关于河

听说，我家乡的滹沱河，已经干涸很多年了，夏天也没有一点水。我在一部小说里，对它作过详细的描述，现在要拍摄这些场面，是没有办法了。听说家乡房屋街道的形式，也大变了。

建筑是艺术的一种，它必然随着政治的变动，改变其形式。它的形式，是受经济基础决定的。

关于河流，就很难说了。历史的发展，可以引起地理环境的变动吗？大概是肯定的。

　　这条河，在我的童年，每年要发水，泛滥所及，冲倒庄稼，有时还冲倒房子。它带来黄沙，也带来肥土，第二年就可以吃到一季好麦。它给人们带来很多不便，夏天要花钱过惊险的摆渡，冬天要花钱过摇摇欲坠的草桥。走在桥上，仄仄闪闪的，吱吱呀呀的，下面是围着桥桩堆积起来的坚冰。

　　童年，我在这里，看到了雁群，看到了鹭鸶。看到了对艚大船上的船夫船妇，看到了纤夫，看到了白帆。他们远来远去，东来西往，给这一带的农民，带来了新鲜奇异的生活感受，彼此共同的辛酸苦辣的生活感受。

　　对于这条河流，祖祖辈辈，我没有听见人们议论过它的功过。是喜欢它，还是厌恶它，是有它好，还是没有它好。人们只是觉得，它是大自然的一部分。而大自然总是对人们既有利又有害，即有恩也有怨，无可奈何。

　　河，现在干涸了，将永远不存在了。

1982年12月19日

新年悬旧照

　　我在年轻的时候，也是很爱照相的。中学读书时，同学同乡，每年送往迎来，总是要摄影留念。都是到照相馆去照，郑重其事，题字保存。

　　抗日战争时期，日本人一到村庄，对于学生，特别注意。凡是留有学生头，穿西式裤的人，见到就杀。于是保留的学生形象的相片，也就成了危险品。我参加了抗日，保存在家里的照片，我的妻，就都放进灶火膛里把它烧了。

　　我岳父家有一张我的照片，因为岳父去世，家里都是妇孺，没人知道外面的事，没有从墙上摘下来。

叫日本鬼子看到，非要找相片上的人不可;家里找不到，在街上遇到一个和我容貌相仿的青年，不问青红皂白，打了个半死，经村里人左说右说，才算保住了一条性命。

这是抗战胜利以后，我刚刚到家，妻对我讲的一段使人惊心动魄的故事。她说:"你在外头，我们想你。自从出了这件事，我就不敢想了，反正在家里不能呆，不管到哪里去飞吧! "

一九八一年编辑文集，苦于没有早期的照片，李湘洲同志提供了他在一九四六年给我照的一张。当时，我从延安回到冀中，在蠡县下乡体验生活，是在蠡县县委机关院里照的。我戴的毡帽系延安发给。棉袄则是到家以后，妻为我赶制的。当时经过八年战争，家中又无劳力，家用已经很是匮乏，这件棉袄，是她用我当小学教员时所穿的一件大夹袄改制而成。里面的衬衣，则是我路过张家口时，邓康同志从小市上给我买的。时值严冬，我穿上这件新做的棉衣，觉得很暖和，和家人也算是团聚一起了。

晚年见此照相，心里有很多感触，就像在冬季见到了春草春花一样。这并非草木可贵，而是时不再来。

妻亡故已有十年，今观此照，还隐约可以看见她的针线，她在深夜小油灯下，为我缝制冬装的辛劳情景。这不能不使我回忆起入侵敌寇的残暴，以及我们这一代人所度过的艰难岁月。

1981年12月

老　家

　　前几年，我曾诌过两句旧诗："梦中屡迷还乡路，愈知晚途念桑梓。"最近几天，又接连做这样的梦：要回家，总是不自由；请假不准，或是路途遥远。有时决心起程，单人独行，又总是在日已西斜时，迷失路途，忘记要经过的村庄的名字，无法打听。或者是遇见雨水，道路泥泞；而所穿鞋子又不利于行路，有时鞋太大，有时鞋太小，有时倒穿着，有时横穿着，有时系以绳索。种种困扰，非弄到急醒了不可。

　　也好，醒了也就不再着急，我还是躺在原来的地方，原来的床上，舒一口气，翻一个身。

　　其实，"文化大革命"以后，我已经回过两次老家，这些年就再也没有回去过，也不想再回去了。一是，家里已经没有亲人，回去连给我做饭的人也没有了。二是，村中和我认识的老年人，越来越少，中年以下，都不认识，见面只能寒暄几句，没有什么意思。

　　前两次回去：一次是陪伴一位正在相爱的女人，一次是在和这位女人不睦之后。第一次，我们在村庄的周围走了走，在田头路边坐了坐。蘑菇也采过，柴火也拾过。第二次，我一个人，看见亲人丘陇，故园荒废触景生情，心绪很坏，不久就回来了。

　　现在，梦中思念故乡的情绪，又如此浓烈，究竟是什么道理呢？实在说不清楚。

　　我是从十二岁，离开故乡的。但有时出来，有时回去，老家还是我固定的窠巢，游子的归宿。中年以后，则在外之日多，居家之日少，且经战乱，行居无定。及至晚年，不管怎样说和如何想，回老家去住，是不可能的了。

　　是的，从我这一辈起，我这一家人，就要流落异乡了。

人对故乡，感情是难以割断的，而且会越来越萦绕在意识的深处，形成不断的梦境。

那里的河流，确已经干了，但风沙还是熟悉的；屋顶上的炊烟不见了，灶下做饭的人，也早已不在。老屋顶上长着很高的草，破漏不堪；村人故旧，都指点着说："这一家人，都到外面去了，不再回来了。"

我越来越思念我的故乡，也越来越尊重我的故乡。前不久，我写信给一位青年作家说："写文章得罪人，是免不了的。但我甚不愿因为写文章，得罪乡里。遇有此等情节，一定请你提醒我注意！"

最近有朋友到我们村里去了一趟，给我几间老屋，拍了一张照片，在村支书家里，吃了一顿饺子。关于老屋，支书对他说："前几年，我去信问他，他回信说：也不拆，也不卖，听其自然，倒了再说。看来，他对这几间破房，还是有感情的。"

朋友告诉我：现在村里，新房林立；村外，果木成林。我那几间破房，留在那里，实在太不调和了。

我解嘲似地说："那总是一个标志，证明我曾是村中的一户。人们路过那里，看到那破房，就会想起我，念叨我。不然，就真的会把我忘记了。"

但是，新的正在突起，旧的终归要消失。

1986年8月12日，晨起作。闷热，小雨。

故园的消失 [1]

　　土改后，老家剩下三间带耳房的北屋。举家来津后，先是生产大队放置农具，原来母亲放在屋里的一些木料和杂物，当家本院的，都拿去用了，连两条木炕沿也拆走了。但每年雨季，他们见房子坍塌漏雨，也给修理修理。后来房顶茂草丛生，房基歪斜，生产队也没有了，就没有人再愿意管它。

　　村支部书记曾给我来过一封信，说明这种情况，问我如何处理。那时外面事情很多，我心里乱糟糟，

---

　　① 　此篇原收入《芸斋小说》。

实在顾不上这些事，就写了一封回信，大意是：也不拆，也不卖，听其自然，倒了再说。

后来知道，这座老屋，除去有倒塌的危险，还妨碍着村里新的街道规划。"文化大革命"后不久，当捐献集资之风刮起的时候，村里来了三个人：老支书、新支书和一个老贫农团员。我先安排他们找了个旅舍住下，并说明我这里没有人做饭，给了他们三十元钱，到附近饭馆用餐。第二天上午，才开始谈话。

他们说村里想新建一所小学校，县里又不给拨款，所以出来找找在外地工作的同志。

我开门见山地说，建小学，每个人都有责任。从我在村里上小学时，就没有一个正规的校舍，都是借用人家的闲房闲院。可是，你们不能对我抱过高的希望。村里传说我有多少钱，那都是猜想。我没有写出很红的书，销数都不大。过去倒是存了一些稿费，"文化大革命"时，大部分都上缴了。现在老了，也写不了多少东西，稿费也很低。我说着，从书柜里拿出新出版的一本散文集，对他们说：

"这样一本书，要写一年多，人家才给八百元。你们考虑过那几间破房吗？"

"倒是考虑过。"老支书说。

我说:"有两个方案:一个是我给你们两千元。一个是你们回去把旧房拆了卖了,我再给一千元。"

他们显然有些失望,同意了第二个方案。并把我给他们的饭费还给了我,说这是因公出差,回去可以报销,就告辞了。

又过了些日子,听说有报纸报道了我捐资兴学的消息,县里也来信表扬,我都认为是小题大做。后来,本乡的乡长又来了,说是想把新盖的小学,以我的名字命名。我说:"别开玩笑。我拿两千块钱,就可以命名一所小学;如果拿两万,岂不是可以命名一所大学了吗? 我的奉献是很微薄的,我们那里如果有个港商就好了。"

"你给题个校名吧!"乡长说。

我说:"我的字写不好,也不想写。回去找个写好字的给写一下吧。"

我送给他一本《风云初记》和一本《芸斋小说》。

这件事就结束了。至此,老家已经是空白,不再留一草一木、一砖一瓦。这标志着:父母一辈人的生活经历、生活方式、生活志趣、生活意向的结束。也是一个从无到有，又从有到无的自然过程。

但老屋也留下了一张照片，这是儿子那年出差路经我村时拍摄的。可以看到：下沉的房基，油漆剥尽的屋门，空荡透风的窗棂，房前的杂草树枝，墙边的一只觅食的母鸡。儿子并说：他拍照时，并没有碰见一个村里的人。

芸斋曰：余少小离家，壮年军伍。虽亦眷恋故土，实少见屋顶炊烟。中间并有有家不得归者三次，时间相加十余年。回味一生，亲人团聚之情少，生离死别之痛多。漂萍随水，转蓬随风，及至老年，萍滞蓬摧，故亦少故园之梦矣。惟祝家乡兴旺，人才辈出而已。

1991年5月30日

第三辑　平原觉醒

平原的觉醒

　　一九三七年冬季，冀中平原是动荡不安的。秋季，滹沱河发了一场洪水，接着，就传来日本人已攻到保定的消息。每天，有很多逃难的人，扶老携幼，从北面涉水而来，和站在堤上的人们，简单交谈几句，就又慌慌张张往南走了。

　　"就要亡国了吗？"农民们站在堤上，望着茫茫大水，唉声叹气地说。

　　国民党的军队放下河南岸的防御工事，往南逃，县政府也雇了许多辆大车往南逃。有一天，郎仁渡口，有一个国民党官员过河，在船上打着一柄洋伞，敌机当成军事目标，滥加轰炸扫射。敌机走后，人们拾到很多像蔓菁粗的子弹头和更粗一些的空弹壳。日本人真的把战争强加在我们的头上来了。

我原来在外地的小学校教书，七七事变我就没有去。这一年的冬季，我穿着灰色棉袍，经常往返于我的村庄和安平县城之间。由吕正操同志领导的人民自卫军司令部，就驻在县城里，我有几个过去的同事，在政治部工作。抗日人人有份，当时我虽然还没有穿上军衣，他们也分配我一些抗日宣传方面的工作。

我记得第一次是在家里编写了一本名叫《民族革命战争与戏剧》的小册子，政治部作为一个文件油印发行了。经过这些年的大动荡，居然保存下来一个复制本子;内容为:前奏。上篇:一、民族解放战争与艺术武器;二、戏剧的特殊性;三、中国劳动民众接近的戏剧;四、我们的口号。下篇:一、怎样组织剧团;二、怎样产生剧本;三、怎样演出。

接着，我还编了一本中外革命诗人的诗集，名叫《海燕之歌》，在县城铅印出版。厚厚的一本，紫红色的封面。因为印刷技术，留下一个螺丝钉头的花纹，意外地给阎素同志的封面设计，增加了一种有力的质感。

阎素同志是宣传部的干事，他从一个县城内的印字店找到一架小型简单的铅印机，还有一些零零散散大大小小的铅字，又找来几个从事过印刷行业的工人，就先印了这本，其实并非当务之急的书。经过"五一大扫荡"，我再没有发现过这本书。

与此同时，路一同志主编了《红星》杂志，在第一期上，发表了我的一篇论文，题为《现实主义文学论》。这谈不上是我的著作，可以说是我那些年，学习社会科学和革命文学理论的读书笔记。其中引文太多了，王林同志当时看了，客气地讽刺说："你怎么把我读过的一些重要文章，都摘进去了。"好大喜功、不拘小节的路一同志，却对这洋洋万言的"论文"，在他主编的刊物上出现，非常满意，一再向朋友们推荐，并说："我们冀中真有人才呀！"

这篇论文，现在也不容易找到了①。抗战刚刚胜利时，我在一家房东的窗台上翻了一次。虽然没有什么个人的独特见解，但行文叙事之间，有一股现在想来

---

① 已找到，收入人民文学出版社出版的《孙犁全集》第10卷。——编者

是难得再有的热情和泼辣之力。

《红星》是一种政治性刊物，这篇文章提出"现实主义"，有幸与"抗日民族统一战线"、"抗日游击战争"等等当时革命口号，同时提示到广大的抗日军民面前。

不久，我在区党委的机关报《冀中导报》，发表了《鲁迅论》①，占了小报整整一版的篇幅。

青年时写文章，好立大题目，摆大架子，气宇轩昂，自有他好的一方面，但也有名不副实的一方面。后来逐渐知道扎实、委婉，但热力也有所消失。

一九三八年的春天，我算正式参加了抗日工作。那时冀中区成立一个统一战线的组织，叫人民武装自卫会。吕正操同志主持了成立大会，由史立德任主任，我当了宣传部长。会后，我和几个同志到北线蠡县、高阳、河间去组织分会，和新被提拔的在那些县里担任县政指导员的同志们打交道。这个会，我记得不久就为抗联所代替，七八月间，我就到设在深县的抗战学院去教书了。

这个学院由杨秀峰同志当院长，分民运、军事两

———————————

① 此文已佚。——编者

院，共办了两期。第一期，我在民运院教抗战文艺；第二期，在军事院教中国近代革命史。

民运院差不多网罗了冀中平原上大大小小的知识分子，从高小生到大学教授。它设在深县中学里，以军事训练为主，教员都称为"教官"。在操场，搭了一个大席棚，可容五百人。横排一条条杉木，就是学生的座位。中间竖立一面小黑板，我就站在那里讲课。这样大的场面，我要大声喊叫，而一堂课是三个小时。

我没有讲义，每次上课前，写一个简单的提纲。每周讲两次。三个月的时间，我主要讲了：抗战文艺的理论与实际，文学概论和文艺思潮；革命文艺作品介绍，着重讲了现实主义的创作方法。

不管我怎样想把文艺和抗战联系起来，这些文艺理论上的东西，无论如何，还是和操场上的实弹射击，冲锋刺杀，投手榴弹，很不相称。

和我同住一屋的王晓楼，讲授哲学，他也感到这个问题。我们共同教了三个月的书以后，学员们给他的代号是"矛盾"，而赋予我的是"典型"，因为我们口头上经常挂着这两个名词。

杨院长叫我给学院写一首校歌歌词，我应命了，由一位音乐教官谱曲。现在是连歌词也忘记了。经过时间的考验，词和曲都没有生命力。

去文习武，成绩也不佳。深县驻军首长，赠给王晓楼一匹又矮又小的青马，他没有马夫，每天自己喂饮它。

有一天，他约我去秋郊试马。在学院附近的庄稼大道上，他先跑了一趟。然后，他牵马坠镫，叫我上去。马固然跑的不是样子，我这个骑士，也实在不行，总是坐不稳，惹得围观的男女学生拍手大笑，高呼"典型"。

在八年抗日战争和以后的解放战争期间，因为职务和级别，我始终也没有机会得到一匹马。我也不羡慕骑马的人，在不能称为千山万水，也有千水百山的征途上，我练出了两条腿走路的功夫，多么黑的天，多么崎岖的路，我也很少跌跤。

晓楼已经作古，我是很怀念他的。他是深泽人。阴历腊月，敌人从四面蚕食冀中，不久就占领了深县城。学院分散，我带领了一个剧团，到乡下演出，就叫流动剧团。我们现编现演，常常挂上幕布，就发现敌情，把幕拆下，又到别村去演。演员穿着演出服装，带着化装转移，是常有的事。这个剧团，活动时间虽不长，但它的基本演员，建国后，很多人成为名演员。

一九三九年春天，我就调到阜平山地去了。这个学院的学员，从那时起，转战南北，在部队，在地方，都建树了不朽的功勋。

一九三七年冬季，冀中平原是大风起兮，人民是揭竿而起。农民的爱国家、爱民族的观念，是非常强烈的。在敌人铁蹄压境的时候，他们迫切要求执干戈以卫社稷。他们苦于没有领导，他们终于找到共产党的领导。

1978年10月6日

"古 城 会"

一九三八年初冬，敌人相继占领了冀中大部县城。我所在的抗战学院，决定分散。在这个时候，学院的总务科刘科长，忽然分配给我一辆新从敌占区买来的自行车。我一直没有一辆自行车，前二年借亲戚间的破车子骑，也被人家讨还了。得到一辆新车，心里自然很高兴，但在戎马倥偬、又多半是夜间活动的当儿，这玩意儿确实也是个累赘。再说质量也太次，骑上去，大梁像藤子棍做的，一颤一颤的。我还是收下了，虽然心里明白，这是刘科长在紧急关头，采取的人分散物资也分散的措施。

　　我带着一个剧团，各处活动了一阵子，就到了正在河间一带活动的冀中区总部。冀中抗联史立德主任接收了我们，跟着一百二十师行军。当天黄昏站队的时候，史主任指定我当自行车队的队长。当然，他的委任，并非因为我的德才资都高人一筹，而是因为我站在这一队人的前头，他临时看见了我。我虽然也算是受命于危难之时，但夜晚骑车的技术，实在不够格，经常栽跤，以致不断引起后面部属们的非议。说实在的，这个抗联属下的自行车中队，是一群乌合之众。他们都是些新参加的青年学生，他们顺应潮流，从娇生惯养的家里出来，原想以后有个比较好的出路。出来不多两天，就遇到了敌人的大进攻，大"扫荡"，他们思家心切，方寸已乱。这是我当时对我所率领的这支部队的基本估计，并非因为他们不服从或不尊重我的领导。

　　一二〇师，是来冀中和敌人周旋打仗的，当然不能长期拖着这个调动不灵的尾巴，两天以后，冀中区党委，就下令疏散。我同老陈同志被指令南下，去一分区深县南部一带工作。

　　一天清早，我同老陈离开队伍往南走。初冬，田野里已经很荒凉，只有一堆堆的柴草垛。天晴得很好，远处的村庄上面，有一层薄薄的冬雾笼盖着，树林和草堆上，也都挂着一层薄薄的霜雪。路上没有一个行人，也遇不到一只野兔。四野像死去了一样沉寂，充满了无声的恐怖。我们一边走着，一边注视着前面的风吹草动，看有没有敌情。路过村庄，也很少见到人。狗吠叫着，有人从门缝中望望，就又转身走了。一路上都有惊魂动魄之感。

我和老陈，都是安平县人，路过安平境，谁也没想到回家去看看。天快黑的时候，我们到了深县境内。

"我们在哪里吃饭住宿呢？"一路上我同老陈计议着。

"我二兄弟国栋，听说在大陈村教武术，这里离大陈村不远了，要不我们去找找他吧！"老陈说。

老陈兄弟三人，他居长，自幼读书，毕业于天津第一师范，后在昌黎、庆云等处执教多年，今年回到家乡参加抗日，在抗战学院任音乐教官。

他的三弟，听说在南方国民党军队做事。他的二弟在家过日子，我曾见过，是个有些不幺不六的愣小伙子，常跟人打架斗殴，和老陈的温文尔雅的作风，完全不一样。

天很黑了，我们才到了这个村庄。这是个大村庄，我们顺南北大街往前走，没遇到一个人。我们也不敢高声喊问。走到路西一家大梢门前面，老陈张望了一下，说：

"我记得他就在这个院里，敲门问问吧！"

刚敲了两下门，就听得有几个人上了房，梢门上有像城墙垛口一样的建筑。

"什么人？"有人伸出头来问，同时听到拉枪栓的声音。

"我们找陈国栋，"老陈说，"我是他的大哥！"

听到房上的人嘀咕了几句，然后说：

"没有！"

紧接着就往天打了一枪。

我同老陈跟跄登上车子，弯腰往南逃跑，听到房上说：

"送送他们！"

接着就是一阵排枪，枪子从我们头上飞过去，不过打的比较高。我们骑到村南野外大道上，两旁都是荆子地，我倒在里面了。

我们只好连夜往深南赶，天明的时候，在一个村庄前面，见到了八路军的哨兵，才算找到了一分区。

在一家很好的宅院里，很暖和的炕头上，会见了一分区司令员和政委，并见到了深县县长张孟旭同志。张和老陈是同学，和我也熟。他交给我们一台收音机，叫我们每天收一些新闻，油印出来。

从此，我和老陈，就驮着这台收音机打游击，夜晚，就在老乡的土炕上，工作起来。

我好听京剧，有时抄新闻完了，老陈睡下，我还要关低声音，听唱一段京戏。老陈像是告诫我：

"不要听了，浪费电池。"

其实，那时还没有我们自己的电台，收到的不过是国民党电台广播的消息，参考价值并不大。我还想，上级给我们这台收音机，不过是叫我们负责保管携带，并不一定是为了听新闻。

老陈是最认真负责，奉公守法的人。

抗战胜利，我又回到冀中，有一次我在家里，陈国栋来找我，带着满脸伤痕，说是村里有人打了他。我细看他的伤，都是爪痕，我问：

"你和妇女打架了吗？"

"不是。有仇人打了我。"他吞吞吐吐地说。

我判定他是自己造的伤，想借此和人家闹事。我劝他要和睦邻里，好好过日子，不要给他哥哥找麻烦。最后，我问他：

"那次在大陈村，你在房上吗？"

"在！"他斩钉截铁地说。

"在，你为什么不让我们进去？"

"黑灯瞎火，我知道你们是什么人？"

"你哥哥的声音，你也听不出来吗？"

"兵荒马乱，听不出来。"

"唉！"我苦笑了一下说，"你和我们演了一出'古城会'！"

1981年11月4日上午

游击区生活一星期

平原景色

一九四四年三月里，我有机会到曲阳游击区走了一趟。在这以前，我对游击区的生活，虽然离得那么近，听见的也不少，但是许多想法还是主观的。例如对于"洞"，我的家乡冀中区是洞的发源地，我也写过关于洞的报告，但是到了曲阳，在入洞之前，我还打算把从繁峙带回来的六道木棍子也带进去，就是一个大笑话。经一事，长一智，这真是不会错的。

县委同志先给我大概介绍了一下游击区的情形，

我觉得重要的是一些风俗人情方面的事，例如那时地里麦子很高了，他告诉我到那里去，不要这样说："啊，老乡，你的麦子长得很好啊！"因为"麦子"在那里是骂人的话。

他介绍给我六区农会的老李，这人有三十五岁以上，白净脸皮，像一个稳重的店铺掌柜，很热情，思想很周密，他把敞开的黑粗布破长袍揽在后面，和我谈话。我渐渐觉得他是一个区委负责同志，我们这几年是培养出许多这样优秀的人物来了。

我们走了一天一夜，第二天清晨到了六区边境，老李就说："你看看平原游击根据地的风景吧！"

好风景。

太阳照着前面一片盛开的鲜红的桃树林，四周围是没有边际的轻轻波动着就要挺出穗头的麦苗地。

从小麦的波浪上飘过桃花的香气，每个街口走出牛拖着的犁车，四处是鞭哨。

这是几年不见的风光，它能够引起年幼时候强烈的感觉。爬上一个低低的土坡，老李说："看看炮楼吧！"

我心里一跳。对面有一个像火车站上的水塔，土黄色，圆圆的，上面有一个像伞顶的东西。它建筑在一个大的树木森阴的村庄边沿，在它下面就是出入村庄的大道。

老李又随手指给我，村庄的南面和东面不到二里地的地方，各有一个小一些的炮楼。老李笑着说：

"对面这一个在咱们六区是顶漂亮的炮楼，你仔细看看吧。这是敌人最早修的一个，那时咱们的工作还没搞好，叫他捞到一些砖瓦。假如是现在，他只能自己打坯来盖。"

面前这一个炮楼，确是比远处那两个高大些，但那个怪样子，就像一个阔气的和尚坟，再看看周围的景色，心里想这算是个什么点缀哩！这是和自己心爱的美丽的孩子，突然在三岁的时候，生了一次天花一样，叫人一看见就难过的事。

但老李慢慢和我讲起炮楼里伪军和鬼子们的生活的事，我也就想到，虽然有这一块疮疤，人们抗毒的血液却是加多了。

我们从一条绕村的堤埝上走过，离那炮楼越来越近，渐渐看得见在那伞顶下面有一个荷枪的穿黑衣服的伪军，望着我们。老李还是在前面扬长地走着，当离开远了的时候，他慢慢走，等我跟上说：

"他不敢打我们，他也不敢下来，咱们不准许他下来走动。"

接着他给我讲了一个笑话。

他说："住在这个炮楼上的伪军，一天喝醉了酒，大家打赌，谁敢下去到村里走一趟。一个司务长就说他敢去，并且约下，要到'维持会'拿一件东西回来作证明。这个司务长就下来了，别的伪军在炮楼上望着他。司务长仗着酒胆，走到村边。这村的维持会以前为了怕他们下来捣乱，还是迁就了他们一下，设在这个街头的。他进了维持会，办公的人们看见他就说：'司务长，少见，少见，里面坐吧。'司务长一句话也不说，迈步走到屋里，在桌子上拿起一支毛笔就往外走。办公的人们在后面说：'坐一坐吧，忙什么哩？'司务长加快脚步就来到街上，办公的人们嬉笑着嚷道：'哪里跑！哪里跑！'

"这时从一个门洞里跳出一个游击组员，把手枪一扬，大喝一声：'站住！'照着他虚瞄一枪，砰的一声。

"可怜这位司务长没命地往回跑，把裤子也掉下来了，回到炮楼上就得了一场大病，现在还没起床。"

我们又走了一段路，在村庄南面那个炮楼下面走过，那里面已经没有敌人，老李说，这是叫我们打走了的。在这个炮楼里面，去年还出过闹鬼的事。

老李说：

"你看前面，那里原来是一条沟，到底叫我们给它平了。那时候敌人要掘围村沟，气焰可凶哩！全村的男女老少都抓去，昼夜不停地掘。有一天黄昏的时候，一个鬼子在沟里拉着一个年轻媳妇要强奸，把衣服全扯烂了。那年轻女人劈了那个鬼子一铁铲就往野地里跑，别的鬼子追她，把她逼得跳下一个大水车井。

"就在那天夜里，敌人上了炮楼，半夜，听见一种嗷嗷的声音，先是在炮楼下面叫，后来绕着炮楼叫。鬼子们看见在炮楼下面，有一个白色帐篷似的东西，越长越高，眼看就长到炮楼顶一般高了，鬼子是非常迷信的，也是做贼心虚，以为鬼来索命了。

"不久，那个逼着人强奸的鬼子就疯了，他哭着叫着，不敢在炮楼上住。他们的小队长在附近村庄请来一个捉妖的，在炮楼上摆香坛行法事，念咒捉妖，法师说：'你们造孽太大，受冤的人气焰太高，我也没办法。'再加上游击组每天夜里去袭击，他们就全搬到村头上的大炮楼上去住了。"

抗日村长

在路上有些耽误，那天深夜我们才到了目的地。

进了村子，到一个深胡同底叫开一家大门，开门的人说：

"啊！老李来了。今天消息不好，燕赵增加了三百个治安军。"

老李带我进了正房，屋里有很多人。老李就问情况。

情况是真的，还有"清剿"这个村子的风声，老李就叫人把我送到别的一个村子去，写了一封信给那村的村长。

深夜，我到了那个村子，在公事台（村里支应敌人的地方，人们不愿叫"维持会"，现在流行叫公事台）的灯光下，见到了那个抗日村长。他正在同一些干部商量事情，见我到了，几个没关系的人就走了。村长看过了我的介绍信，打发送我的人回去说：

"告诉老李，我负一切责任，让他放心好了。"

村长是三十多岁的人，脸尖瘦，眼皮有些肿，穿着一件白洋布大衫，白鞋白腿带。那天夜里，我们谈了一些村里的事，我问他为什么叫抗日村长，是不是还有一个伪村长。他说没有了。关于村长这个工作，抗战以后，是我们新翻身上来的农民干部做的，可是当环境一变，敌伪成天来来往往，一些老实的农民就应付不了这局面。所以有一个时期，就由一些在外面跑过的或是年老的办公的旧人来担任，那一个时期，有时是出过一些毛病的。渐渐地，才培养出这样的既能站稳立场，也能支应敌伪的新干部。但大家为了热诚的表示，虽然和敌人周旋，也是为抗日，习惯地就叫他们"抗日村长"。

抗日村长说，因为有这两个字加在头上，自己也就时时刻刻提醒自己的责任了。

不久我就从他的言谈上、表情上看出他的任务的繁重和复杂。他告诉我，他穿孝的原因是半月前敌人在这里驻剿，杀死了他年老的父亲，他要把孝穿到抗日胜利。

从口袋里他掏出香烟叫我吸，说这是随时支应敌人的。在游击区，敌人勒索破坏，人们的负担已经很重，我们不忍再吃他们的喝他们的，但他们总是这样说：

"吃吧，同志，有他们吃的，还没有你们吃的！你们可吃了多少，给人家一口猪，你们连一个肘子也吃不了。"

我和抗日村长谈这种心理，他说这里面没有一丝虚伪，却有无限苦痛。他说，你见到过因为遭横祸而倾家败产的人家吗！对他的亲爱的孩子的吃穿，就是这样的，就是这个心理。敌占区人民对敌伪的负担，想象不到的大，敌伪吃的、穿的、花的都是村里供给；并且伪军还有家眷，就住在炮楼下，这些女人孩子的花费，也是村里供给，连孩子们的尿布，女人的粉油都在内，我们就是他们的供给部。

抗日村长苦笑了，他说："前天敌人叫报告员来要猪肉、白菜、萝卜，我们给他们准备了，一到炮楼下面，游击小组就打了伏击，报告员只好倒提着空口袋到炮楼上去报告，他们又不敢下来，我们送不到有什么办法？"

抗日村长高声地笑了起来，他说："回去叫咱们的队伍来活动活动吧，那时候就够他们兔崽子们受，我们是连水也不给他们担了。有一回他们连炮楼上的泔水（洗锅水）都喝干了的。"

这时已快半夜，他说："你去睡觉吧，老李有话，今天你得钻洞。"

洞

可以明明告诉敌人，我们是有洞的。从一九四二年五月一日冀中大"扫荡"以后，冀中区的人们常常在洞里生活。在起初，敌人嘲笑我们说，冀中人也钻洞了，认为是他们的战绩。但不久他们就收起笑容，因为冀中平原的人民并没有把钻洞当成退却，却是当作新的壕堑战斗起来，而且不到一年又从洞里战斗出来了。

平原上有过三次惊天动地的工程，一次是拆城，二次是破路，三次是地道。局外人以为这只是本能的求生存的活动，是错误的。这里面有政治的精心积虑的设计、动员和创造。这创造由共产党的号召发动，由人民完成。人民兴奋地从事这样巨大精细的工程，日新月异，使工程能充分发挥作战的效能。

这工程是八路军领导人民共同来制造，因为八路军是以这地方为战争的基地，以人民为战争的助手，生活和愿望是结为一体的，八路军不离开人民。

回忆在抗战开始，国民党军队也叫人民在大雨滂沱的夏天，掘过蜿蜒几百里的防御工事，人民不惜斩削已经发红的高粱来构筑作战的堡垒；但他们在打骂奴役人民之后，不放一枪退过黄河去了。气得人们只好在新的壕沟两旁撒撒晚熟的秋菜种子。

一经比较，人民的觉悟是深刻明亮的。因此在拆毁的城边，纵横的道沟里，地道的进口，就流了敌人的血，使它污秽的肝脑涂在为复仇的努力创造的土地上。

言归正传吧，村长叫中队长派三个游击组员送我去睡觉，村长和中队长的联合命令是一个站高哨，一个守洞口，一个陪我下洞。

于是我就携带自己的一切行囊到洞口去了。

这一次体验，才使我知道"地下工作的具体情形"，这是当我问到一个从家乡来的干部，他告诉我的话。我以前是把地下工作浪漫化了的。

他们叫我把棍子留在外间，在灯影里立刻有一个小方井的洞口出现在我的眼前。陪我下洞的同志手里端着一个大灯碗跳进去不见了。我也跟着跳进去，他在前面招呼我。但是满眼漆黑，什么也看不见，也迷失了方向。我再也找不到往里面去的路，洞上面的人告诉我蹲下向北进横洞。我用脚探着了那横洞口，我蹲下去，我吃亏个子大，用死力也折不到洞里去，急得浑身大汗，里面引路的人又不断催我，他说："同志，快点吧，这要有情况还了得。"我像一个病猪一样"吭吭"地想把头塞进洞口，也是枉然。之后才自己创造了一下，重新翻上洞口来，先使头着地，栽进去，用蛇行的姿势入了横洞。

这时洞上面的人全笑起来，但他们安慰我说，这是不熟练，没练习的缘故，钻十几次身子软活了就好了。

钻进了横洞，就看见带路人托引着灯，焦急地等我。我向他抱歉，他说这样一个横洞你就进不来，里面的几个翻口你更没希望了，就在这里打铺睡吧！

这时我才想起我的被物，全留在立洞的底上横洞的口上，他叫我照原姿势退回去，用脚尖把被子和包袱钩进来。

当我试探了半天，才完成了任务的时候，他笑了，说："同志，你看敌人要下来，我拿一支短枪在这里等他（他说着从腰里掏出手枪顶着我的头），有跑吗？"

我也滑稽地说："那就像胖老鼠进了细腰蛇的洞一样，只有跑到蛇肚子里。"

这一夜，我就是这样过去了。第二天上面叫我们吃饭，出来一看，已经红日三竿了。

村　外

过了几天，因为每天钻，有时钻三次四次，我也到底能够进到洞的腹地；虽然还是那样潮湿气闷，比较起在横洞过夜的情景来，真可以说是别有洞天了。

和那个陪我下洞的游击组员也熟识了，那才是一个可亲爱的好青年，好农民，好同志。他叫三槐，才十九岁。

我就长期住在他家里，他有一个寡母，父亲也是敌人前年"扫荡"时被杀了的，游击区的人们，不知道有多少人负担着这种仇恨生活度日。他弟兄三个。大哥种地，有一个老婆；二哥干合作社，跑敌区做买卖，也有一个老婆；他看来已经是一个职业的游击组员，别的事干不了多少了，正在年轻，战争的事占了他全部的心思，也不想成亲。

我们俩就住在一条炕上，炕上一半地方堆着大的肥美的白菜。情况紧了，我们俩就入洞睡，甚至白天也不出来，情况缓和，就"守着洞口睡"。他不叫我出门，吃饭他端进来一同吃，他总是选择最甜的有锅巴的红山药叫我吃，他说："别出门，也别叫生人和小孩子们进来。实在闷的时候我带你出去遛遛去。"

有一天，我实在闷了，他说等天黑吧，天黑咱们玩去。等到天黑了，他叫我穿上他大哥的一件破棉袍，带我到村外去，那是大平原的村外，我们走在到菜园去的小道上，在水车旁边谈笑，他割了些韭菜，说带回去吃饺子。

在洞里闷了几天，我看见旷野像看见了亲人似的，我愿意在松软的土地上多来回跑几趟，我愿意对着油绿的禾苗多呼吸几下，我愿意多看几眼正在飘飘飞落的雪白的李花。

他看见我这样，就说："我们唱个歌吧，不怕。冲着燕赵的炮楼唱，不怕。"

但我望着那不到三里远的燕赵的炮楼在烟雾里的

影子，我没有唱。

守翻口

那天我们正吃早饭，听见外面一声乱，中队长就跑进来说，敌人到了村外。三槐把饭碗一抛，就抓起我的小包裹，他说："还能跑出去吗？"这时村长跑进来说："来不及了，快下洞！"

我先下，三槐殿后，当我爬进横洞，已经听见抛土填洞的声音，知道情形是很紧的了。

爬到洞的腹地的时候，已经有三个妇女和两个孩子坐在那里，他们是从别的路来的，过了一会儿，三槐进来了，三个妇女同时欢喜地说：

"可好了，三槐来了。"

从这时，我才知道三槐是个守洞作战的英雄。三槐告诉女人们不要怕，不要叫孩子们哭，叫我和他把枪和手榴弹带到第一个翻口去把守。

爬到那里，三槐叫我闪进一个偏洞，把手榴弹和子弹放在手边，他就按着一把雪亮的板斧和手枪伏在地下，他说：

"这时候，短枪和斧子最顶事。"

不久，不知道从什么方向传过来一种细细的嘤嘤的声音，说道：

"敌人已经过村东去了，游击组在后面开了枪，看样子不来了，可是你们不要出来。"

这声音不知道是从地下发出来，还是从地上面发出来，像小说里描写的神仙的指引一样，好像是从云端上来的，又像是一种无线电广播，但我又看不见收音机。

三槐告诉我："抽支烟吧，不要紧了，上回你没来，那可危险哩。

"那是半月前，敌人来'清剿'，这村住了一个营的治安军，这些家伙，成分很坏，全是汉奸汪精卫的人，和我们有仇，可凶狠哩。一清早就来了，里面还有内线哩，是我们村的一个坏家伙。敌人来了，人们正钻洞，他装着叫敌人追赶的样子，在这个洞口去钻钻，在那个洞口去钻钻，结果叫敌人发现了三个洞口。

"最后也发现了我们这个洞口，还是那个家伙带路，他又装蒜，一边嚷道：'咳呀，敌人追我！'就往里面钻，我一枪就把他打回去了。他妈的，这是什么时候，就是我亲爹亲娘来破坏，我也得把他打回去。

"他跑出去，就报告敌人说，里面有八路军，开枪了。不久，院子里就开来很多治安军，一个自称是连长的在洞口大声叫八路军同志答话。

"我就答话了：'有话你说吧，听着哩。'

"治安军连长说：'同志，请你们出来吧。'

"我说：'你进来吧，炮楼是你们的，洞是我们的。'

"治安军连长说：'我们已经发现洞口，等到像倒老鼠一样，把你们掘出来，那可不好看。'

"我说：'谁要不怕死，谁就掘吧。我们的手榴弹全拉出弦来等着哩。'

"治安军连长说：'喂，同志，你们是哪部分？'

"我说：'十七团。'"

这时候三槐就要和我说关于十七团的威望的事，我说我全知道，那是我们冀中的子弟兵，使敌人闻名丧胆的好兵团，是我们家乡的光荣子弟。三槐就又接着说：

"当时治安军连长说：'同志，我们是奉命令来的，没有结果也不好回去交代。这样好不好，你们交出几支枪来吧。'

"我说：'八路军不交枪，你们交给我们几支吧，回去就说叫我们打回去了，你们的长官就不怪罪你们。'

"治安军连长说：'交几支破枪也行，两个手榴弹也行。'

"我说：'你胡说八道，死也不交枪，这是八路军的传统，我们不能破坏传统。'

"治安军连长说：'你不要出口伤人，你是什么干部？'

"我说：'我是指导员。'

"治安军连长说：'看你的政治，不信。'

"我说：'你爱他妈的信不信。'

"这一骂，那小子恼了，他命令人掘洞口，有十几把铁铲掘起来。我退了一个翻口，在第一个翻口上留了一个小西瓜大小的地雷，炸了兔崽子们一下，他们才不敢往里掘了。那个连长又回来说：'我看你们能跑到哪里去？我们不走。'

"我说：'咱们往南在行唐境里见，往北在定县境里见吧。'

"大概他们听了没有希望，天也黑了，就撤走了。

"那天，就像今天一样，有我一个堂哥给我帮手，整整支持了一天工夫哩。敌人还这样引诱我，你们八路军是爱护老百姓的，你们不出来，我们就要杀老百姓，烧老百姓的房子，你们忍心吗？

"我能上这一个洋当？我说：'你们不是治安军吗，治安军就这样对待老百姓吗？你们忍心吗？'"

最后三槐说："我们什么当也不能上，一上当就不知道要死多少人。那天钻在洞里的女人孩子有一百多个，听见敌人掘洞口，就全聚到这个地方来了，里面有我的母亲，婶子大娘们，有嫂子侄儿们，他们抖颤着对我讲：三槐，好好把着洞口，不要叫鬼子进来，你嫂子大娘和你的小侄儿们的命全交给你了。

"我听到这话，眼里出了汗，我说：'你们回去坐着吧，他们进不来。'那时候在我心里，只要有我在，他狗日的们就进不来，就是我死了，他狗日的们还是进不来。我一点也不害怕。我说话的声音一点也不抖，那天嘴也灵活好使了。"

人民的生活情绪

有一天早晨，我醒来，天已不早了，对间三槐的母亲已经嗡嗡地纺起线来。这时进来一个少妇在洞口喊："彩绫，彩绫，出来吧，要去推碾子哩。"

她叫了半天，里面才答应了一声，通过那弯弯长长的洞，还是那样娇嫩的声音："来了。"接着从洞口露出一顶白毡帽，但下面是一张俊秀的少女的脸，花格条布的上衣，跳出来时，脚下却是一双男人的破棉鞋。她坐下，把破棉鞋拉下来，扔在一边，就露出浅蓝色的时样的鞋来，随手又把破毡帽也摘下来，抖一抖墨黑柔软的长头发，站起来，和她嫂子争辩着出去了。

她嫂子说："人家喊了这么半天，你聋了吗？"

她说："人家睡着了么。"

嫂子说："天早亮了，你在里面没听见晨鸡叫吗？"

她说："你叫还听不见，晨鸡叫就听见了？"姑嫂两个说笑着走远了。

我想，这就是游击区人民生活的情绪，这个少女是在生死交关的时候也还顾到在头上罩上一个男人的毡帽，在脚上套上一双男人的棉鞋，来保持身体服装的整洁。

我见过当敌人来了，女人们惊惶的样子，她们像受惊的鸟儿一样向天空突飞。一天，三槐的二嫂子说：

"敌人来了能下洞就下洞，来不及就得飞跑出去，把吃奶的力量拿出来跑到地里去。"

我见过女人这样奔跑，那和任何的赛跑不同，在她们的心里可以叫前面的、后面的、四面八方的敌人的枪弹射死，但她们一定要一直跑出去，在敌人的包围以外，去找生存的天地。

当她们逃到远远的一个沙滩后面，或小丛林里，看着敌人过去了，于是倚在树上，用衣襟擦去脸上的汗，头发上的尘土，定定心，整理整理衣服，就又成群结队欢天喜地地说笑着回来了。

一到家里，大家像没有刚才那一场出生入死的奔跑一样，大家又生活得那样活泼愉快，充满希望，该拿针线的拿起针线来，织布的重新踏上机板，纺线的摇动起纺车。

而跑到地里去的男人们就顺便耕作，到中午才回家吃饭。

在他们，没有人谈论今天生活的得失，或是庆幸没死，他们是：死就是死了，没死就是活着，活着就是要欢乐的。

假如要研究这种心理，就是他们看得很单纯，而且胜利的信心最坚定。因为接近敌人，他们更把胜利想的最近，知道我们不久就要反攻了，而反攻就是胜利，最好是在今天，在这一个月里，或者就在今年，扫除地面上的一切悲惨痛苦的痕迹，立刻就改变成一个欢乐的新天地。所以胜利在他们眼里距离最近，而那果实也最鲜明最大。也因为离敌人最近，眼看到有些地方被敌人剥夺埋葬了，但六七年来共产党和人民又从敌人手中夺回来，努力创造了新的生活，因而就更珍爱这个新的生活，对它的长成也就寄托更大的希望。对于共产党的每个号召，领导者的每张文告，也就坚信不疑，兴奋地去工作着。

由胜利心理所鼓舞，他们的生活情绪，就是这样。每个人都是这样。村里有一个老泥水匠，每天研究掘洞的办法，他用罗盘、水平器，和他的技术、天才和热情来帮助各村改造洞。一个盲目的从前是算卦的老人，编了许多"劝人方"，劝告大家坚持抗战，他有一首四字歌叫《十大件》，是说在游击区的做人道德的。有一首《地道歌》确像一篇"住洞须知"，真是家喻户晓。

最后那一天，我要告别走了，村长和中队长领了全村的男女干部到三槐家里给我送行。游击区老百姓对于抗日干部的热情是无法描写的，他们希望最好和你交成朋友，结为兄弟才满意。

仅仅一个星期，而我坦白地说，并没有能接触广大的实际，我有好几天住在洞里，很少出洞口，谈话的也大半是干部。

但是我感触了上面记的那些，虽然很少，很简单，想来，仅仅是平原游击区人民生活的一次脉搏的跳动而已。

我感觉到了这脉搏，因此，当我钻在洞里的时间也好，坐在破炕上的时间也好，在菜园里夜晚散步的时间也好，我觉到在洞口外面，院外的街上，平铺的翠绿的田野里，有着伟大、尖锐、光耀、战争的震动和声音，昼夜不息。生活在这里是这样充实和有意义，生活的经线和纬线，是那样复杂、坚韧。生活由战争和大生产运动结合，生活由民主建设和战斗热情结合，生活像一匹由坚强意志和明朗的智慧织造着的布，光彩照人，而且已有七个整年的历史了。

并且在前进的时候，周围有不少内奸特务，受敌人、汉奸、独裁者的指挥，破坏人民创造出来的事业，乱放冷箭，使像给我们带路的村长，感到所负责任的沉重和艰难了。这些事情更激发了人民的智慧和胆量。有人愿意充实生活，到他们那里去吧。

回来的路上

回来的路上我们人多了，男男女女有十几个人，老李派大车送我们，女同志坐在车上，我们跟在后面。我们没有从原路回去，路过九区。

夜里我们到了一个村庄，这个村庄今天早晨被五个据点的敌人包围，还抓走了两个干部，村里是非常惊慌不定的。

带路的人领我们到一所空敞的宅院去，他说这是村长的家，打门叫村长，要换一个带路的。

他低声柔和地叫唤着。原来里面有些动静，现在却变得鸦雀无声了，原来有灯光现在也熄灭了。我们叫女同志去叫：

"村长，开门来吧！我们是八路军，是自己的人，不要害怕。"过了很久才有一个女人开门出来，她望了望我们说："我们不是村长，我们去年是村长，我家里的男人也逃在外面去了，不信你们进去看看。"

我猜想：看也是白看，男的一定躲藏了，而且在这样深更半夜，也没法对这些惊弓之鸟解释。但是我们的女同志还是向她说。她也很能说，那些话叫人听来是：这些人是八路军就能谅解她，是敌人伪装，也无懈可击。

结果还是我们女同志拿出各种证明给她看，讲给她听，她才相信，而且热情地将我们的女同志拉到她家里去了。

不久她的丈夫陪着我们的女同志出来，亲自给我们带路。在路上他给我说，这两天村里出了这样一件事：

连着两天夜里，都有穿着八路军绿色新军装的人到年轻女人家去乱摸，他们脸上包着布，闹得全村不安，女人看见一个黑影也怪叫起来，大家都惊疑不定，说着对八路军不满的话。但是附近村庄又没有驻着八路军，也没有过路军队住在村里，这些不规矩的"八路军"是哪儿来的呢？

前天晚上就闹出这样的事来了。村妇救会缝洗组长的丈夫半夜回到家里，看见一个男人正压在他的女人身上。他呐喊一声，那个男人赤身逃走。他下死手打他的女人，女人也哭叫起来：

"你个贼啊！你杀人的贼啊，你行的好事，你穿着
那绿皮出去了，这村里就你一个人有这样装裹啊。我
睡得迷迷糊糊，我认定是你回来了，这你能怨我呀，
你能怨我呀！我可是站得正走得稳的好人呀！天啊！
这是你行的好事啊！……"

带路的人接着说："这样四邻八家全听得清清楚楚，
人们才明白了。前几天区里交来的几套军装，说是上
级等着用，叫缝一下扣子，我就交给缝洗组长了。她
的丈夫是个坏家伙，不知道和什么人勾结，净想法破
坏我们的工作，这次想出这样的办法来破坏我们的名
誉，谁知道竟学了三国孙权，赔了夫人又折兵，他自
己也不敢声张了。

"他不声张我可不放松。我照实报告了区里，我说
他每天夜里穿着八路军的军服去摸女人，破坏我们子
弟兵的威信。区里把他传去了。至于另外那一个，是
他的同伙，倒了戈回来搞了朋友的女人，不过我不管
他们的臭事，也把他送到区里了。

"同志你看村里的事多么复杂，多么难办？坏人心
术多么毒？

"他们和敌人也有勾结，我们头一天把他们送到区里，第二天五个据点的敌人就包围了我们的村庄，还捉去了两个干部。

"同志，要不是你们到了，连门也不敢开啊。这要请你们原谅，好在大家都了解我的困难……"

送过了封锁沟墙，这路我们已经熟悉，就请他回去了。第二天我们到了县里，屈指一算，这次去游击区连来带去，整整一个星期。

1944年于延安

相　片

　　正月里我常替抗属写信。那些青年妇女们总是在口袋里带来一个信封两张信纸。如果她们是有孩子的，就拿在孩子的手里。信封信纸使起来并不方便，多半是她们剪鞋样或是糊窗户剩下来的纸，亲手折叠成的。可是她们看得非常珍贵，非叫我使这个写不可。

　　这是因为觉得只有这样，才真正完全地表达了她们的心意。

　　那天，一个远房嫂子来叫我写信给她的丈夫。信封信纸以外，还有一个小小的相片。

　　这是她的照片，可是一张旧的，残破了的照片。

照片上的光线那么暗，在一旁还有半个"验讫"字样的戳记。我看了看照片，又望了望她，为什么这样一个活泼好笑的人，照出相来，竟这么呆板阴沉！我说：

"这相片照得不像！"

她斜坐在炕沿上笑着说：

"比我年轻？那是我二十一岁上照的！"

"不是年轻，是比你现在还老！"

"你是说哭丧着脸？"她嘻嘻地笑了，"那是敌人在的时候照的，心里害怕得不行，哪里还顾得笑！那时候，几千几万的人都照了相，在那些相片里拣不出一个有笑模样的来！"

她这是从敌人的"良民证"上撕下来的相片。敌人败退了，老百姓焚毁了代表一个艰难时代的良民证，为了忌讳，撕下了自己的照片。

"可是，"我好奇地问，"你不会另照一个给他寄去吗？"

"就给他寄这个去！"她郑重地说，"叫他看一看，有敌人在，我们在家里受的什么苦楚，是什么容影！你看这里！"

她过来指着相片角上的一点白光："这是敌人的刺

刀，我们哆里哆嗦在那里照相，他们站在后面拿枪刺逼着哩！"

"叫他看看这个！"她退回去，又抬高声音说，"叫他坚决勇敢地打仗，保护着老百姓，打退蒋介石的进攻，那样受苦受难的日子，再也不要来了！现在自由幸福的生活，永远过下去吧！"

这就是一个青年妇女，在新年正月，给她那在前方炮火里打仗的丈夫的信的主要内容。如果人类的德行能够比较，我觉得只有这种崇高的心意，才能和那为人民的战士的英雄气概相当。

1947年2月

"帅府"巡礼

赵老帅是有名的人物。因为人民重视今年的生产，他在村里就更被注意。但他的有名是很久的了，他住的宅院，人们称为帅府。一提"各节院里"，人们就知道是指的他家。

这个"帅"字，不是指的什么元帅的帅。在冀中，帅的意思包括：干净、利落、漂亮等等意思，这些意思，如果用土话来说就是"各节"。

我去访问他。一接近他的住宅，胡同里特别扫得干净；一进他的庭院，一种明媚的有秩序的气象，使人的精神也清新起来。

一到他的农具室，我真吃惊了。他的一间西房满满陈列着农具，是那么多种多样，井井有条。这简直是一个农具博览会，件件农具都是多次浸润过劳动和土地的津液的。

他的农具齐全，这些工具都涂过桐油，擦洗得很干净。他的铁锨并排放着，像官场的执事；他的木锨的头起都镶着铁皮。一切都擦得闪闪放光，而悬挂在北墙山上的耕地的盆子，则像一面庄严明亮的宝镜，照见你，使你想到，这里陈列的一切对于他是多么有意义和重要。

墙上挂的，房顶上插的，中间排列的都是农具。但就是一把小剪，一把小锤，都有自己的位置，就是在夜间，也可以随意取出使用。

他是一个农民，他爱惜这些工具。

他勤俭持家昼夜不息地劳动。他六十岁了，看来有些黄瘦；但在中年，他一夜砍完七亩黑豆，一夜和好一间房子那样大的一堆打坯泥，不知劳累。

他沉默寡言，说话的时候，几乎是闭着眼睛；当谈到种地的事情，他才活泼起来。

他常在吃饭的时候，和孩子们讲说种地的要点，但是孩子们好像并不愿意听。他对这点，很表示气愤，他说："我教育他们，他们不听，学里先生说的话，他们才认真记着！"

孩子们参加村里的工作，他的十八岁的女儿和二十岁的儿媳，都是村里的干部，儿媳曾经当选过劳动英雄。

他的影响，已经能在他的儿女身上看出。他全家人口都是那样健康、清洁和精于田间的劳动。

紧张的愉快的劳动，能够换来人生最珍贵的东西。当我们谈话的时候，我瞥见了他的儿媳，正在外间耍着周岁的孩子。她是那么美丽和健壮，敏捷和聪明；孩子在她手里旋转，像一滴晶莹的露珠，旋转在丰鲜的花朵里。

他非常爱好清洁的秩序。他的牛圈里从来看不见粪尿，一层沙土铺在牛身下，他刷洗的小牛好像刚出阁的少妇。

他爱好干净，简直成了一种癖性。有人传说，他起完了猪圈，还要用净水刷洗。说他在"五一"的残酷环境下，还要半夜里起来，叫媳妇提着灯笼，打扫完院子，才匆忙逃到野外去。

他的家庭充满团结的乐趣和劳作的愉快，劳动的竞争心和自尊心。每个人因为劳动觉到了自己的地位和尊重别人的地位。勤俭劳作使家庭中间充满新生的向上的气象。

他说：他锄地没有遍数，什么时候地里没有一棵草了为止。他锄地的时候，如果一眼看见很远的前面有一棵草，他就先跑过去把它锄下，才能安心。

他黎明就带领儿媳、女儿上地，几个人默默地竞赛，老人监视着她们的锄，指出她们遗漏的每一棵草。

他已经参加了村里的拨工组。起先，他因为害怕别人给他把地种坏了，没有信心，村里就给他找了几个能和他相比的农事老手，组成一组。

1947年春

随　感

一

　　我学习做群众工作，我访问贫苦的农民，我绕着村子，走进一家破烂的土坯房。我想这定是一家贫苦的人，我招呼一声，一个红眼睛的女人，抱着两个光屁股的孩子，从屋里应声出来；一个孩子吊在她的乳房上，一个孩子几乎要从她的胳膊上出溜下来。我想这是一个累赘的女人。她一定要我坐下，可是我一问到她，问到村里的事，她又什么也说不清，支支吾吾，有些害怕。我想这是一个傻女人，谁娶到这样一个媳妇，真是倒霉。我又去找她的丈夫，他正在房后的小菜园子收拾北瓜，我听见他和一个孩子说话，有情有理，有说有笑，可是我跳过篱笆，和他谈话，他又害怕起来，装聋作哑，叫人难以忍受。不久，他竟借故躲开我走了。

我有些生气，我从旁人打听他的出身、阶级成分，谁也说他受了一辈子苦，日子过得顶累；外号叫老蔫，见了生人就不敢说话，当他说了一句半句，别人一笑他，他就赶紧吞回去，笑一笑完事。他顶胆小，他的一生遇见的倒霉事最多，受的罪最多，挨的骂最多，挨的打最多，并且得不到人们的同情，属于"受罪活该"的一种人。

可是当我们在一块开过几次会，在会上，我老是提到他，同情他，鼓励他，他就渐渐活泼起来，聪明起来，勇敢起来。而且他的活泼是那么可爱，聪明得那么可喜，勇敢得令人可惊。在会上，我细心听着他的每一句话，我觉得话从他嘴里说出来，才异常珍贵，异常有实际的意义。

一天会上，我说是穷人流汗流血供养了地主，我惭愧说得那么单调，没有力量。他说：

"你说的一点汗一点血真是不假，汗是血变的，我试过，我接了一碗的汗晒在日头爷下面，干了是红的！"

我听了惊心动魄。汗能接在碗里，汗能晒成红的。他为什么要做这个试验，他有多少汗流在地主的田里？

他没有说出这些感想，有感想的难道都是我们这些人？但从他这一句话，我更加尊重他，尊重他的意见。我想，翻身就是要叫他这样的老实"无能"的人翻身吧！翻身的真理，就在他的身上！

二

我参加的贫民小组里，有一个老者，儿子十年前参加了部队，好久没有音讯。家里度日，只凭老者纺线，儿媳妇织布。他们如此度过了八年抗日战争，一年大旱和一年大水灾，和那"五一"以后的地下生活。老者精神很好，情绪很高，关于我们最后的胜利，那个鲜明的远景，他看得比别人近，比别人真切。每个人眼前有一盏灯指引，可是他的灯照得特别明亮。儿媳正在青年，却异常沉默，她手脚不停地劳作，服侍公公，教养着一个男孩子，孩子今年九岁了。这孩子在老者身边，真是掌上的明珠，一切希望的寄托，精神力量的源泉。他特别娇惯着这孙儿，大大超过孩子的母亲。十年战争，每次闹敌情他抱着背着孩子去逃难，在他看，热爱了孙儿，在这个时代，就是热爱了那在战场作战的儿子，那在家中劳作的儿媳，就是热爱了那伟大艰难的革命战争。

这次，我在他村里做复查工作，他把土地改革认作是要求，也认作是他的一种工作。他对我也特别热爱，临到阴历六月初一晚上，敌人到了博野，他亲自安排我转移，在那满挂黎明的冷露的田野，他送我远行，就如同他在十年前，送走了他的儿子。

五天过后，我回来，那儿媳和孙儿却穿上新封的白鞋。敌人来了，老者照旧背负着孙儿去逃难，敌人叫他站住，他不听，拼命地背着孙儿跑，敌人用机枪扫射，他死在炎热的高粱地里。进犯的敌人在宣传不杀人，不打人，就在村庄北边，敌人践踏过的庄稼地里，新添起埋葬老人的坟堆。平原的田野，有无数牺牲在抗日战争的和自卫战争的烈士坟墓，这一个是十年革命战士的父亲。

不管在前方或在后方，每个人肩担着自己的仇恨作战。儿媳更要艰苦地沉默地抚养着儿子，战士应该有机会知道敌人杀了他的父亲。在十年战争里，我们有多少年老的父亲，在风里雨里，空前的灾难里，为了支持自己子弟的队伍，做了光荣的牺牲。

凡是参加贫民小组的同志们，都从老者的血迹上，看到了敌人的面目。什么叫翻身，为什么要自卫，每个贫苦的人的心，被痛苦的泪水，洗得鲜明，仇恨滋生了。

1947年7月25日博野

第四辑　蚕桑之事

蚕桑之事[①]

　　我的故乡，地处北方，桑树很少。只是在两家田地的中间，有时种一棵野桑，叫做桑坡，作为地界。这种桑树终生也长不高大，且常常中途死亡。因为那时土地是农民的生命线，寸土必争，两家都拼命往外耕，它的根生长延伸的机会，比被犁铧铲断的机会，要少得多。

　　如果有这种桑坡，每年春季，它也会吐出一些桑叶，当然很小，就像铜钱一样。这也是很可爱的，附

　　────────────

　　① 　此篇原收入《芸斋小说》。

近的儿童们，就会养几条小蚕，来利用，也可以说是圆满这微小得可怜的自然生态。

蚕儿与桑叶，天造地设，是同时出世。养蚕的规模，当然也是很小的，用一个小纸盒的盖子就可以了。养蚕的心，是很虔诚的，小盒子铺垫得温暖而干净。每天清晨，一起来就往地里跑，有时跑得很远，把桑坡上好不容易长出的几片新叶采回来，盖在小蚕的身上，把多余的桑叶，洒上点水，放在一边储存。

桑坡少有，而养蚕的伙伴又多，于是出现了供需矛盾，出现了竞争。你起得早，我比你起得更早，常常是天还不亮，小孩子们就乱往桑坡那里奔去。过不了几天，桑坡的枝条，就摧残得光秃秃，再也长不出新的叶子来了。

去镇上赶集的路上，倒是有一片大桑树，是镇上地主家经营的。树很高，叶子也大，大人们赶集路过，有时给孩子们偷摘几片，那是解决不了什么问题的。

喜剧还没演到一半，悲剧就开始了。蚕儿刚刚长大一些，正需要更多的桑叶，就绝粮了，只好喂它榆叶。榆叶有的是，无奈蚕不爱吃，眼看瘦下去，可怜巴巴的，有的饿死了，活下来的，到了时候，就有气无力地吐起丝来。

　　每年养蚕，最初总是有一个美丽的梦：蚕大了，给我结一张丝绵，好把墨盒装满。蚕只能结一片碗口大小的，黄白相间的，薄纸一样的绵。

　　和我一同养蚕的，是一个远房的妹妹。她和我同岁，住在一条街上。她性格温柔，好说好笑，和我很合得来。过年时，我们每天到三爷家的东墙去撞钟。这是孩子们的一种赌博游戏，用铜钱在砖墙上撞击，远落者投近落者，击中为胜。这种游戏，使三爷家的一面墙，疮痍满目，布满弹痕。

　　我们的蚕，放在一起。她答应我，她的蚕结的绵，也铺在我的墨盒里。她虽然不念书，也知道，写好了字，作好了文章，就是我的锦绣前程。她的蚕，也只能吐一片薄薄的绵。

　　我们的丝绵，装不满墨盒。十二岁我就离开了家。

　　几年前，我回了一次故乡，她热诚地看望了我。她童年的形象，在我的心里，刻画得太深太久了，以致使我几乎认不出她目前的形象。

　　我们都老了，我们都变了。我们都做了一场梦，就像小时候养蚕一样。

　　我对她诉说了，我少小离家，奔波追逐，患难余生，流落他乡，老病交加之苦。她也向我诉说了，她患了多年的淋巴结核，两个姐姐因为同样的病，都已丧生。她身体壮一些，活了下来，脖颈和胸前留下了一片大伤疤。她父亲无儿，过继了一个外甥。为了争夺财产，她上县进省，和表兄打了五六年官司，终于胜诉，人称"不好惹"。现在和公婆不和，和儿媳也不和。她大姐有一个儿子，早年参军，在新疆工作，她只身一人，去找过好几趟，来回做些买卖，人以为"能"。

　　她走了以后，据叔母说，她还好斗牌，输了就到田地走一趟，偷公家的大麻子或是棉花。现在老了，腿脚不灵活，就给人家说媒，有时也神仙附体。

　　听着这些，我的麻木了的心，几乎没有什么感慨。是的，我们老了，每个人经历的和见到的都很多了。不要责备童年的伴侣吧。人生之路，各式各样。什么现象都是可能发生，可能呈现的。美丽的梦只有开端，只有序曲，也是可爱的。我们的童年，是值得留恋的，值得回味的。

　　她对我，也会是失望的。我写的文章，谈不上经

国纬业，只有些小说唱本。并没有体现出，她给我的
那一片片小小的丝绵，所代表的天真无邪的情意。

　　故乡的桑坡，和地主家的桑园，早已不见。自从
离开家乡，我也很少见到桑树。在保定读书时，星期
日曾到河北大学的农业试验场，偷吃过红紫肥大的桑
葚。"文化大革命"时，机关大院临街的角落，有一个
土堆，旁边有一棵不大的桑树。每逢开会休息时，我
好到那里，静静地站立一刻，但心里想的事情，与蚕
桑无关。

　　我养的花木中，有一棵扶桑。现在这种花，在天
津已经不大时兴了。它的叶子、枝干，都像桑树。桑
树皮的颜色，与蚕的颜色，一般无二，使人深深感到，
造物的奇巧，自然的组合，有难言的神妙。

　　　　　　　　　　　　　　1987年7月15日下午写讫

玉 华 婶 [1]

　　玉华婶的娘家，离我们村只有十几里地，那里是三县交界的地方，在旧社会叫做"三不管地带"，惯出盗案。据说玉华婶的父亲，就是一个有名的大盗，犯案以后，已经正法。她的母亲，长得非常丑陋，在村里却绰号"大出头"。我们那里的方言，凡是货郎小贩，出售货物，总是把最出色的一件，悬挂在货车上，叫做出头。比如卖馒头的，就挑一个又白又大的，用秫秸秆插起来，立在车子的前面。

---

　　① 　此篇原收入《芸斋小说》。

　　俗话说，破窑里可能烧出好瓷器，她生了一个非常出色的女儿，就是说烧出了一件"窑变"，使全村惊异，远近闻名。

　　这位小姑娘，十三四岁的时候，在街头一站，已经使那些名门闺秀黯然失色。到十六七岁的时候，出脱得更是出众，说绝世佳人，有些夸张，人人见了喜欢，却是事实。

　　正在这个年华，她的父亲落了这样一个结果，对她来说，当然是非常的不幸。她的母亲，好吃懒做，只会斗牌，赌注就放在身边女儿身上了。

　　县里的衙役，镇上的巡警，村里的流氓，都在这个姑娘身上打主意。

　　我家南邻是春瑞叔家。他的父亲，是个潦倒人，跑了半辈子宝局，下了趟关东，什么也没挣下，只好在家里开个小牌局。春瑞叔从小时，被送到外村，给人家放羊。每天背上点水，带块干粮，光着两只脚，在漫天野地里，追着喊着。天大黑了，才能回来，睡在羊圈里。现在三十上下了，还没有成亲。

　　他有一个姐姐，嫁在那个村庄，和大出头是近邻。看见这个小姑娘，长得这样好，眼下命运又不济，就想给自己的弟弟说说。她的口才很好，亲自上门，找小姑娘直接谈。今天不行，明天再去，不上十天半月，这门亲事，居然说成了。

为了怕坏人捣乱，没敢宣扬出去。娶亲那天，也没有坐花轿，没有动鼓乐，只是说串亲，坐上一辆牛车，就到了我们村里。又在别人家借了一间屋子，作为洞房。好在春瑞叔的父亲，是地方上的一个赌棍，有些头面，没有发生什么事情。

不久，把她母亲也接了来，在我们村落了户。从此，一老一少，一美一丑，就成了我们新的街坊邻居了。

像玉华婶这样的人物，论人才、口才、心计，在历史上，如果遇到机会，她可以成为赵飞燕，也可以成为武则天。但落到这个穷乡僻壤，也不过是织织纺纺，下地劳动。春瑞叔又没有多少地，于是玉华婶就同公爹，支持着家里那个小牌局。有时也下地拾柴挑菜，赶集做一些小买卖。她人缘很好，不管男女老少，都说得来，人们有什么话，也愿意和她去说。她家里是个闲话场。她很能交际，能陪男人喝酒、吸烟、打麻将。

我们年轻人都很爱她，敬她，也有些怕她，不敢惹她。有一年暑假，一天中午，我正在场院里树荫下看书，看见玉华婶从家里跑了出来。后面是她母亲哭叫着。再后面是春瑞叔，手里拿着一根顶门杈。玉华婶一声不响，跑进我家场院，就奔新打的洋井。井口直径足有五尺，她把腿一伸，出溜进去。我大喊救人，当人们捞她的时候，看到她用头和脚尖紧紧顶着井的两边，身子浮在水皮上，一口水也没喝。这种跳井，简直还比不上现在的跳水运动员，实在好笑。

但从此，春瑞叔也就不敢再发庄稼火，很怕她。因为跳井，即寻死觅活，究竟是人命关天的大事，非同小可。

去年，我回了一趟老家。玉华婶也老了。她有三房儿媳，都分着过。春瑞叔八十来岁了，但走起路来，还很快，这是年轻时放羊，给他带来的好处。

三房儿媳，都不听玉华婶的话，还和她对骂。春瑞叔也不替她说话。玉华婶一世英名，看来真要毁于一旦了。

她哭哭啼啼，向我诉苦。最后她对我说：

"大侄子，你走京串卫，识文断字，我问你一件事，什么叫'打金枝'？"

"《打金枝》是一出戏名，河北梆子就有的，你没有看过吗？"我说。

"没有。村里唱戏的时候，我忙着照应牌局，没时间去看。"玉华婶笑了，"这是我那三儿媳妇的爹对我说的。他说：你就没有看过《打金枝》吗？我不知道这是一句什么话，又不好去问外人，单等你回来。"

"那不是一句坏话。"我说，"那可能是劝你不要管儿子媳妇间的闲事。"

随后，我把《打金枝》这出戏的剧情，给她介绍了一下。这一介绍，玉华婶火了，她大声骂道：

"就凭他们家，才三天半不要饭吃了，能出一根金枝？我看是狗屎，擦屁股棍儿！他成了皇帝，他要成了皇帝，我就是玉皇！"

我怕叫她的儿媳听见，又惹是非，赶紧往外努努嘴，托辞出来了。玉华婶也知趣，就不再喊叫了。

1983年9月2日晨改讫

石　榴①

　　我自幼年，就喜爱石榴树。从树干、枝叶到果实，我都觉得很美。我很想在自家的庭院中，种植一棵，也从集市上买过一株幼苗，离家以后死去了。所有关于石榴树的印象，都是在别人家的窗前阶下留下的。

　　我的家乡，临着滹沱河，每年发大水，一般农家，没有种花果树的习惯。大户人家的高宅大院里，偶尔有之。我印象最深的一棵石榴，是我在一九四七年，跟随冀中土改试点小组，在博野县一家房东院中见到的。

---

　　①　此篇原收入《芸斋小说》。

房东是一个中年寡妇，她有两个男孩子，一个女孩子。女孩子是老大；她细高身材，皮肤白皙，很聪明，好说笑，左眼角上，有一块麦粒大小的伤痕。整天蹲在机子上织布，给我做过一些针线。

在工作组，我是记者，带有体验生活的性质。又因为没有实际工作经验，领导上并不派我什么具体工作。

土改试点一开始，就从平汉路西面，传来一些极左的做法。在这个村庄，我第一次见到了对地主的打拉。打，是在会场上，用秫秸棍棒，围着地主斗争，也只是很少的几个积极分子。拉，是我一次在村边柳林散步时，偶尔碰到的。

正当夏季，地主穿着棉袄棉裤，躺卧在地下，被一匹大骡子拉着。骡子没有拉过这种东西，它很惊慌，一个青年农民，狠狠地控制着它，农民也很紧张，脸都涨青了。后面跟着几个贫雇农，幸亏没有人敲锣打鼓。

这显然是一种恐怖行动，群众不一定接受得了，但这是发动群众。不知是群众不得不这样做给领导看，还是领导不得不这样去领导。也不知是哪一个别有用心的人，这样来解释"一打一拉"的政策。

我赶紧躲开，回到房东那里，家里人都去会场了，就姑娘一个人在机子上。我坐在台阶上，说：

"小花，有水吗？我喝一口。"

她下来给我点火现烧，说："怎么这样早，你就回来了？"

"那里没有我的事。"

"从来也没见过你讲话，你是吃粮不管事呀！"她说笑着，又蹬起机子来。

我也没有见过姑娘去开会，当然，家里也需要留个人看门。我望着台阶下，正在开花的石榴说：

"谁栽的？"

"我爹。没等到吃个石榴就死了。"

"甜的酸的？"

"甜的，住到中秋，送你一个大石榴。"

住的日子长了，在邻舍家吃派饭，听到过关于姑娘的一些闲言，说她前几年跳过一次井。眉上那伤疤，就是那次落下的，井就在她家门口。关于这种事，我从来不好多问，讲述的人，也就止住不讲了。

试点工作结束后，人们全撤离了。我走了几天，留恋这家人，骑车子又回来了。一进村，大街上空无一人，在路过地主家门时，那位被拉过的老头，正好走出来。他拄着拐杖，头上裹着一块白布。他用仇恨的目光注视着我。

我回到房东家，大娘对我的态度，和几天以前比，是大不一样了。我又到贫农团，主席对我也只是应付。

走在街上，有人在背后说：

"怎么又回来了？"

"准是住在小花家。"

我走回小花家，家里人都去地里干活了，小花正在迎门的板床上歇晌。她穿一身自己织纺的浅色花格裤褂，躺得平平的，胸部鼓动着，嘴唇翕张着，眉上的那块小疤痕，微微地跳动着。她现在美极了，在我眼前，是一幅油画，一座铜雕，一尊玉佛。

我退出来，坐在台阶上，凝视着那棵石榴树。天气炎热，石榴花正在盛开，像天上落下的一片红云。这时，一个穿得很讲究的年轻人，在大门外，玩弄枪支。前一阶段，从来没见过这个人。

不久，大娘回来了，我向她告别。她也没有留我，只是说：

"别人不知怎么说我们呢！"

后来，工作组的人说，他们听说我又回去了，曾捎信叫我赶紧离开。打扫战场，会出危险的。我也想到，那个玩枪的年轻人，很可能和小花跳井有关联，他是想把我吓走。

过了几年，我在附近下乡，又去过一次，没见到小花，早已出嫁了。因为是冬天，也就没有注意那棵石榴树。

我现在想：大娘是个寡妇，孩子们又小。她家是什么成分，说来惭愧，我当时也没问过，可能是中农。我住在她家，她给我做好饭吃，叫小花给我做针线活，她希望的是，虽不一定能沾我什么光，也不要被什么伤。她一家人，当时的表现，是既不靠前，也不靠后，什么事也不多讲，也不想分到什么东西。小花的跳井，可能是她老人家，极端避讳的话题，我的不看头势，冒冒失失，就使她更加不安了。

当我这样想通的时候，大娘肯定早已逝世。当时的年轻人，现时谁在谁不在，也弄不清楚了。

老年人，回顾早年的事，就像清风朗月，一切变得明净自然，任何感情的纠缠，也没有，什么迷惘和失望，也消失了。而当花被晨雾笼罩，月在云中穿度之时，它们的吸引力，是那样强烈，使人目不暇接，废寝忘食，甚至奋不顾身。

芸斋主人曰：城市所售石榴树苗，多为酸种。某年深秋，余游故宫，见御河桥上，陈列大石榴树两排。树皮剥裂为白色，叶已飘落尽，碗大石榴，垂摇白玉雕栏之上，红如玛瑙，叹为良种。时故宫博物院长为故人，很想向他要一枚，带回栽种。因念及宫禁，朋友又系洁身自好、一尘不染之君子，乃未启齿，至今以为憾事。

1988年7月17日，大热

小 混 儿[①]

一九七〇年四月间，我回到了久别的故乡，住在一个叔伯侄子家中。侄子住的房屋，是我结婚后住过多年的老屋，只是在洪水冲塌后翻盖过一次。庭院邻居依然，我的父母早已长眠丘陇，老伴前几年也丧身异域，老家没有什么亲人了。

每天早起，天还不亮，我就轻轻开门出来，到田野里去。我们这一带，原来地场土壤还算好的，自从滹沱河上游修筑了水库，洪水是没有了，但每年春季，

---

① 　此篇原收入《芸斋小说》。

好刮黄风。一刮起来，天昏地暗，白天伸手不见掌，窗门紧闭，那漫天黄沙还是会拥到屋里来。窗台上、炕上、地上的土，每隔几个小时，就要用簸箕往外撮，不然就会把人埋起来。地场变坏了，都变成了白沙土，庄稼不好种了，于是生产队请人规划了一下，全部改种林木。大道两旁，一律栽的钻天杨，地亩之内，有的种果树，而大部分种植柳子，这样还可以经营副业，比如编织。

每天早起，我总是在钻天杨的大道上，围着村庄转，脚下的沙土很深，走起来是很吃力的。但风景是很好的，杨树种得很整齐，现在都已经有碗口粗，很快就成材了。在路上，有时遇到起早拾粪的，推车砍草的，赶集路过的，但因为我离家日久，年纪又大了，很少遇到熟人。即使是本村的人，也因为年岁相差太多，碰见了没有多少话说，自己也真的感到有些寂寞了。

后来，我出来散步的时候，就背上一个柴筐，顺路拣些干树枝。这里用柴筐是很方便的，每家总有几个各式各样的筐，用项不同，形制各异，并且有大人用的，有小孩用的。我的侄子会编筐，见我背的是我叔父用过的旧筐，第二天到地里出工，他就利用工余之时，钻进柳子地，坐在地下，就地取材，用小镰削割着身边的柳条，很快就给我编成了一只非常精巧的筐。天黑以后，又偷偷砍了一根柳木杆作筐系。我说："你这样做，大队不说你是偷吗？"侄子笑笑说："谁家的筐，也是这么编成的。守着水井，还去买水喝？外村的人还这样干呢。"

"没人看护着吗？"我问。

"也有个护林小组。都是老头，懒汉，看护不好。"侄子说。

真的，我回家已经有几天了，也在地里转了好多回，还没有遇见过护林小组。

这天夜里下了一场雨。天明我去散步的时候，沙土路很平很实，倒很好走了。空气潮润，特别新鲜。当我走到村北很远的一条横道上，迎面来了一个老人，光头，一件破旧黑粗布短袄，敞着好几个扣子。走近了，我认出是小混儿。

小混儿和我年岁相当，青年时也在一起玩过，可以说是一个熟人。他不是本村人，他从小跟他母亲住在姥爷家，姥爷去世以后，留给他一间茅草屋，他就在我们村落了户。究竟是哪村和姓什么，直到现在我也闹不清楚。他一直也没有一个大名儿。"啊，小混儿！"我和他打着招呼。

"芸姥爷！"他按辈分称呼着，"怎么背起柴火筐来了？"

"闲着也是闲着呀，"我说，"这样可以多活动活动筋骨。"

"你从小念书，干这个是外行。"小混儿说，"我给你背吧。"

"不用。你在忙什么呀？"

"看着这些树！"他指了指身旁的杨树，"每天也就是转两趟，挣点工分，干不了别的。"

"找了个老伴吗？"

"没有。咱不要那个。一个人过惯了，这样多自由，我自己吃饱了，就算一家子不饿了。"

"盖了新房吗？"

"也没有。还是住的那间小屋。没有儿子，给谁盖房呀！"

我记得他那间小屋：一条土炕，一领破席。一只小铁锅，一个小行灶。一个黑釉大钵碗，一双白木筷。

地下堆着乱柴，墙上挂满蛛网。被窝从来不拆不洗，也不叠起，早起怎么钻出来，晚上还怎么钻进去。奇怪，这样一间小破房，经历了半个多世纪的风雨，还没有倒塌吗？

我虽然详细地问过了他的生活，他却一句也没有问我。不知道他是浑浑噩噩，不知道问；还是心里明白，不便于问。他没有提"文化大革命"的事，甚至也没有谈土地改革、合作化、抗日战争和解放战争的事。他好像是不谈政治的人。好像这些历史事件，对他都毫无影响。我们转到南北大道上，他站在道边解开裤子，肆无忌惮地撒了一泡尿，说："回家吃饭！"

"你还赌钱不？"我忍不住想和他开开玩笑。

"过年过节的时候，免不了。"他这才真的乐了。

在快要进村的时候，他和我举手告别。

在我的印象里，小混儿从小虽然很穷很苦，但也没有落到沿街乞讨的地步。村里的人们，对他虽然并不看重，不拿他当回子事儿，不分大辈小辈，都一律当面叫他小混儿，他也没有在村里做过什么大的坏事。他打过更，看过青，做过小买卖。农忙时，他打短工，谁家打井盖房，他都去帮忙。小偷小摸，也偶尔为之。

他还是生活过来了，活得也很愉快。

回到家里，我和侄子说起小混儿的事来，侄子说："还是那样。有点钱，就吃，就喝，就赌。有时还串串老婆门子。近年老了，我们常和他开玩笑说：'小混儿，你可得节省下点钱来。至少，你死了以后，得叫守夜的人们有顿面条吃！'"

芸斋主人曰：如小混儿者，可谓真正逍遥派矣。前次回乡，距今又已十余年，闻彼尚健在。今国家照顾孤寡，彼当在"五保"之列，清静无为者必长寿。侄子之言，可谓多虑矣！

1983年3月24日

还 乡①

　　十年动乱一开始，虽然每时每刻，都是在死亡的边缘徜徉，但我从来也没有想过，找一个地方，比如说老家，去躲避躲避。我明白：这是没有地方可以躲避的，这是"四人帮"撒下的天罗地网，率土之滨，没有人敢于充当义士，收留像我们这样的难民，即使是乡亲故旧。如果"四人帮"想到人们会有地方逃脱，他们也就不敢这样做了。因此下定决心：是福不是祸，是祸躲不过，在劫难逃，听天由命。

_____

　　①　此篇原收入《芸斋小说》。

但在一九七〇年，我算是"解放"了。我这个人，头脑简单，以为：自己本来没有什么问题，又是"老干部"，解放了就算完事了，依然故我。罪是白受了，只能怨自己倒楣，也就罢了。

其实，现在的事情，哪有这么简单呢。

老伴去世了，不久，有一位在军队上做事的老朋友，给我介绍了一个对象，姓李。她远在外省工作，又托人写信，总算可以调到近处了，但不能进大城市。老朋友建议，先把她调到我们县里。老朋友的岳家是我们县，老朋友没有靠边站，官职声望依然。他写了一封信，叫我们带上，去找县长。

我同新结婚的爱人，先到了石家庄，在那里耽搁了几天，然后从沧石路转乘小火车到我的县城。所谓小火车，其实就像过去北京的有轨电车，坐在里面叮叮当当，一摇一晃的。晚上到了县城，多年不回家了，心情很兴奋。县城大变样了，人地两生，在小车站雇了一辆"二等"（北方农村驮运客货的自行车），驮上东西，我们跟在后面。考虑到机关早已下班，就直接去找县里的招待所。

招待所在一条街的路北，门洞很大，办公室就设在门洞里。办公室里有三个人，一个中年妇女，好像是主任，很神气，当我们从"二等"上解东西的时候，她就一直在那里睥睨着，脸上冷若冰霜。另一个老年人，很文静和气，好像是会计。还有一个小女孩，好像是服务员，在一旁嬉笑着看热闹。

这里应该交代一下。在几年折腾之后，我还一直在劳动，穿着很不讲究，就像是一个邋遢的农民，加上一路风尘，看模样更带几分倒楣相。李虽然年轻一些，也是一直下放农村劳动，衣服很不入时。

从我们进来，招待所的三个人，没有一个和我们打一下招呼。我打发走了"二等"，进到屋里，从口袋里掏出了工作证和介绍信。

中年妇女接了过去，她看了很久，说："三月二十一日开的介绍信，怎么今天才到？"

"我们不是专到这里来，"我说，"我们在别处还有事要办。在石家庄耽误了几天。"

"你的！"中年妇女向李张开手。

李经常在外面跑，对于这方面很熟练，介绍信早已拿在手里。

中年妇女又看了很久，把两封介绍信，都交给那位老年人。

我的介绍信，身份是记者；李的介绍信，身份是"五七战士"，这两个名词对于这位中年妇女，好像都很生疏，而且引起轻蔑。她显然有些犯疑了。给李开信的地点，又是一个什么省的什么县，都是边远地方，恐怕她也从来没有听说过。

她冷冷地站在那里，望着那位老年人，老年人拿着介绍信，好像很作难的样子，也不好意思说什么。

"我是你们的老乡，我就是本县人。"我还按一般旧有的社会人情，向她说出了这样带有请求意味的话。

"现在谈不上这个！"中年女人回答。

"那我们到街上去找旅馆吧！"我也火了。

"去吧！"中年女人断然说。

"我们先打一个电话。"李比我机灵多了，抓起了手摇电话机。电话居然打通，县政府和中年女人通了话，允许我们住下来。

小女孩把我们带到宿舍去。据说那原是粮食局的粮仓，在二楼上。楼梯很直很狭，从楼上垂下来，就像龙骨水车。李年轻，先把行李送上去，然后下来搀扶我。房间很宽敞，一条大通铺，摆着十几床被褥。

被褥都是红色花洋布缝制的，没有其他客人，我们靠
南墙睡下了。

我有一肚子不高兴，一肚子感慨，翻来覆去，怎
么也睡不着，不断唉声叹气。

"睡吧，老兄，"李在身边劝慰着，"走了一天路，
还不累吗？"

"这是什么招待所，叫人住在楼上，又弄这么个玩
马戏的楼梯，不是成心和老年人开玩笑？"我说，"如
果半夜里要小便怎么办？"

"你就尿在他们的脸盆里吧，没有别的办法。"李
笑着说。

"我们如果坐小卧车来，他们就会变一副面孔。你
知道我在本县，大小也算是个名人，她应该知道我的
名字！"我愤愤地说。

"得了。"李翻了一个身，转过脸去，"这又是老皇
历。你有小卧车吗？ 知道你的名字又怎么样？ 就是因
为知道你的名字，才不愿让你住进来呢！"

"她也许不知道。"我自我安慰地解嘲说，"我在县
里工作的时候，她可能还不会走路呢！ 现在县里的负
责人，在那时，顶多也只是在村里工作。"

"快睡！快睡！"李不耐烦地说，"明天还有很多事要办呢！"

"你睡你的吧，我睡不着。"我又叹起气来。暗想：人事无常啊！抗日时期，我在这里活动的时候，每逢进城，总是县委书记招待我，县长、公安局长陪着我吃饭。这个女人，竟敢差一点对我下逐客令！我看她虽然是个半瓶子醋，并不认识几个字，很可能是县里什么大干部的夫人，没准就是什么局长的夫人，不然，何以具备如此专横神气？这些人专门在好人身上做功夫，真正的坏人，他们是查不出来的。

一夜没睡。第二天天一亮，我就自己先起来，到街上去散步。没东没西，没头没脑地转了一遭，才看出：现在的县城，实际是过去的北关。抗日时拆毁了城墙，还留下个遗址，现在就在这个遗址上，修成了环城马路。大街之上，像所有我见过的当代县城一样，新建了一座二层大楼的百货商店，一座消费合作社，一家饭店，都是红砖平房，毫无风格，粗制滥造。

我正转着，李也追来了。我们看见饭店的门开着，就进去吃饭。厅堂很大，方桌板凳摆得不少，没有一个客人，空空荡荡，就像招待所的宿舍一样。桌子上的尘土，地下的垃圾，都没有扫。我找了一张比较干净的桌子坐下来，李到小窗口那里去买饭。很快，她就端回来两碗酱油汤，上面飘着几片生葱，几个昨天或前天蒸出来的玉米面馒头，完全是凉的。李知道我的胃口不好，说：

"汤是热的，里面还有肉。"

我用筷子一搅，倒是有几片白肉浮了起来，放在嘴里一尝，也是凉的。我只好把凉馒头弄碎，泡在汤里，吃了两口，就放下筷子。

李把我们剩下的馒头，装进书包，把我剩下的肉片，送回窗口。还向人家解释，我有胃病，吃不了，请人家原谅等等。我们就出来了。

我说："过去，这个县城里，不用说集市之日，人山人海，货物压颤街，就是平常，也有几个饭店，能办大酒席，有几家小吃铺，便宜又实惠。现在，堂堂饭店，就卖这种饭吗？"

李说："到处是这样。你吃不了，剩下，他还会批评你哩！"

在十字路口，我们看到有几个农民，蹲在地下买卖青菜、鸡蛋、烟叶。李高兴地告诉我：

"你轻易不进城，进城还赶上了大集日呢！"

"这是集市？"我问。

"对，到处的集市都是这样。鸡蛋、青菜、烟叶。别的不准卖。"李回答，"我们该去办事了。"

我们到了县政府，凭着老朋友的信，一位副县长接见了我们，允许给办办，但时间不能过紧。

我们告辞出来，我带李去参观抗日烈士碑。找了半天，问了好多人，才在一片沼泽之地找到了。而且只剩下一座主碑，别的都埋在泥里了。原来地势很高，才选择把碑立在这里，为什么一变而为最低洼的地方，是发大水冲的，还是盖新房取土挖的？无暇去问原因，沧海桑田，人物皆非呀！我指着主碑正面的四个大字，得意自负地对李说："我写的！"

李好像也没有注意去看，说："抓紧时间，回老家吧。你就在这里等着，我去雇个'二等'，把东西取来。"

我们走在回老家的路上了，是一条土马路。我的老家在城西，十八里路。现在太阳西转，正好照着我们前进的身影。"二等"知道路，骑上车，先下去了。我同李也快步走着。公路边栽着小柳树，枝条刚刚发出嫩芽，我折了一枝，在春风中甩动着。天空有时飞过一些小鸟，唧唧地尖声叫着。四野一望，麦苗都已返青，空气带些潮味，和过去我走在这条路上的情景，没有多大区别。这是故乡的路，童年憧憬的路，我往返过无数次的路。那时是坑坑洼洼的大车路，现在填高了一些，成了公路。

最初几里路，我走得很兴奋，也很轻快。渐渐，我又想起了近事。我的脚就有些疲软了。我脚下的坎坷太多了。青年时，在这条路上，在战争的炮火里，我奋身跳过多少壕堑呀，现在有些壕沟，依然存在，可以辨认，我无力再跳过去。我很疲乏了。我们经过几个村庄，那里都有我的熟人或亲戚，我没有去打搅人家，从村边绕过去。路旁有个打禾场，堆着一些秫秸，按照老习惯，我倒在秫秸堆上，休息休息。

"二等"是个诚朴的青年农民，农闲时从事此业，补助家用。当走近我的村庄的时候，他忽然问我："你们村里，有个叫孙芸夫的，现在此人怎样？"

"你认识他？"我问。

"我读过他写的小说。"

"他还活着。"

青年农民没有再问。

我们进村了。

芸斋主人曰：古人云，富贵不还故乡，如衣锦夜
行。欧阳文忠颂韩琦功业，作《昼锦堂记》，蔡忠惠书
之，传为碑版。汉高、光武得意之时，皆未尝不返故
里，与亲戚故旧欢饮，慷慨歌之。然此语虽发自项羽，
而终于自尽，无颜归江东。此亦人遭毁败，伤心世情，
心理状态之自然结果也。

1983年3月21日下午写讫

编 后 记

　　孙犁晚年有两句诗:"梦中屡迷还乡路,愈知晚途念桑梓。"又曾对家乡的亲友说过:"一个人对家乡的感情是毕生的。"是的,人的岁数越大,越是想念自己的家乡。不只是家乡的土地家乡的水,养育了他们成长,而且,对一个作家来说,家乡是他文学创作的热土,家园就是他文学创作的根柢。家乡的一山一水,一草一木,都给他留下难忘的记忆;家乡的一间小房、一条小路都留下他前进的足迹。乡情是人生最宝贵的情愫。

　　孙犁在初中时期写的小说《自杀》《弃儿》《麦田

中》描写的就是家乡中的人和事。一九三九年，他正式开始了革命文学创作，更是较多地取材于抗战时期家乡里的人物和故事，如长篇小说《风云初记》，短篇小说《光荣》《走出以后》《碑》《钟》《"藏"》，散文《平原的觉醒》《"古城会"》《相片》《天灯》《某村旧事》等。文中涉及的滹沱河、子午镇、玉龙堂、圣姑庙，都是家乡的河流、城镇和古迹；文中的人物高庆山、芒种、田大瞎子也都有乡亲们的身影。至于中篇小说《铁木前传》里的铁匠、木匠也是他从小熟悉的两种行业的工匠。

从一九七九年十二月开始写《乡里旧闻》，于一九八〇年第一期《散文》发表了四篇，之后，随写随在多种报刊发表，共二十余篇。二〇一三年，为纪念孙犁百年诞辰，以《乡里旧闻》为主，连及其他孙犁写家乡生活的散文小说等，共四辑，由人民文学出版社出版，今仅略作调整、增删个别篇目，再次由人民文学出版社出版。

刘宗武　时年八十又五

庚子春，新冠猖獗，于佳闻宅第。

散文新编